압록강은 흐른다

압록강은 흐른다

Der Yalu fließt

이미륵 | 글 · 엄혜숙 | 옮김 · 와이 | 그림

계수나무

이미륵 문학 선집을 기리며
그는 한국 최초의 문화 대사였다

'산에 뜬 달보다 호수에 뜬 달이 더 곱다.'

이 한 줄은 이미륵 문학 선집의 원고를 다 읽고 나서, 나의
비망록에 쓴 한마디입니다. 이 한마디가 문득 떠오른 이 글의
결론이기도 합니다.

이미륵이 독일 땅에 정착하여 독일말로 쓴 작품들은 한국인의 삶과
풍습과 윤리 의식을 담고 있으며, 태어나 자란 향촌에 대한 사랑을 담고
있습니다. 조국의 자연과 생활 환경을 배경으로 삼은 이런 작품들이
그때 독일 땅이 아니고 한국에서 발표되었다면, 과연 독일에서처럼
놀라운 비평을 받을 수 있었을까요?

이미륵은 나이 스무 살에 조국을 등지는 몸이 됩니다. 상하이와
마르세유를 거쳐 독일에 도착한 지 5개월이 되는 눈 내리는 겨울날,
고향에서 온 편지를 받고 어머니의 별세를 알게 됩니다. 이때부터
그의 글에 스며들기 시작한 것은 고향에 대한 향수와 조국에 대한
그리움과 가족들에 대한 애틋한 사랑, 이 세 줄기가 새끼줄처럼 얽혀

엮어진 감정입니다.

그런데 이 감정과 정서를 간결한 독일 문장으로 되살려 낸 그의 동양적 겸손에서 한국의 정신 문화는 독일인의 관심을 사게 되며, 마침내 그의 작품에 대한 서평이 유럽 신문에만 1백 편에 이르도록 큰 반응을 불러일으킵니다.

이미륵은 조국이 일본의 식민지가 되던 시절 독일말로 작품을 써서, 한국이라는 나라가 사라지지 아니하고 존재한다는 사실을 독일 사회에 알린 선구자요, 최초의 문화 대사였습니다. 또한 그의 작품 속에는 어느 한 구석에 단 한 마디도 조국을 비하하는 글이 나오지 아니합니다. 조국에서 살지 못해 스스로 등지고 나간 그였지만, 민족 의식이나 역사 안목에서 그는 '민족혼' 그 자체였습니다. 한국을 중심으로 동양 사회에 깔려 있던 삶의 모습을 작품마다 소재로 활용하고 있으며, 한국의 문화에 대해 속삭임 같은 예찬을 깔아 놓고 있습니다.

왜 그가 독일 땅에 가서까지, 전공을 바꿔 가면서까지, 창작 활동에 나섰는지를 생각하여 봅니다. 그것은 우리 사회보다 훨씬 앞선 독일 사회를 몸으로 부딪쳐 살아가면서도, 속으로는 그의 몸 구석구석에

배어 있는 전통 문화를 간직하고 싶어서였을 것입니다. 이것은
동양적인 윤리와 도덕과 관습에 대한, 이미륵 자신의 재평가 작업이기도
했던 것입니다. 그러므로 이미륵은 동양 문화, 아니 한국의 전통 문화를
서구 사회에 전달하려고 스스로 나섰던 문화 특사였노라고 재평가해야
마땅한 일이겠습니다.

　　그러나 이미륵이라는 작가가 조국과 민족과 우리 문화에 대해
가졌던 사랑에 비해, 우리 독자들에게는 그리 널리 알려지지
못했습니다. 그의 간결하고 여운 있는 문장의 매력, 작품 전체에서
풍기는 인간미와 사상을 많은 독자가 함께할 수 없다는 것이 늘
아쉬웠습니다.

　　"이미륵 문학 선집"의 간행을 특히 기뻐하는 이유는 이 문학 선집이
이미륵이라는 작가와 그의 작품을 좀 더 많은 독자가 알게 되고 읽게
되는 중요한 디딤돌이 될 것을 믿어 의심치 않기 때문입니다.

　　또 한 가지 이 글에서 빠뜨릴 수 없는 것은, 이미륵이 가슴속에
품었던 한국인의 심성을 고스란히 그림으로 재생시킨 와이 화백의
솜씨입니다. 그것은 이미륵의 작품을 그림으로 표현하는 데에 대한

와이 화백의 자부심과 우리 것에 대한 자긍심이 아니면 이룰 수 없는 새로운 창조입니다. 이 선집을 통해 화가와 작가의 교감을 한눈에 볼 수 있습니다.

'호수가 산을 다 품을 수 있는 것은, 깊어서가 아니라 맑아서이다.'

이미륵은 지극히 합리적인 서구 사회에서 부딪치고 고뇌한 아픔과 향수 때문에 글에다 조국을 담아 낸 것이 아니고, 오로지 그의 영혼이 그토록 맑아서 담아 낼 수 있었다고, 나는 나의 비망록에 또 한 줄을 보태 적습니다.

돌아간 이미륵이 뒷날의 독자인 저에게 두 편의 시를 선사한 것을 진정으로 고맙게 여깁니다.

유 경 환
(시인, 추계예술대학 교수, 언론학 박사)

압록강은 흐른다 / 차례

내 사촌, 수암

수암은 내 사촌의 이름으로, 그와 나는 함께 자랐다.

나는 지금도 우리가 처음으로 함께 겪었던 일을 생생하게 기억한다. 그런데 그것은 썩 즐거운 경험은 아니었다. 그때 우리가 몇 살이었는지 정확하게 기억나지 않지만, 아마도 나는 다섯 살이었고, 수암은 나보다 조금 위였던 것 같다.

어느 날 저녁, 우리는 가느다란 막대기로 한문책에 있는 어려운 글자를 짚고 계신 아버지 앞에 앉아 있었다. 수암은 그 글자의 뜻을 말해야 했다. 수암은 그 글자를 아침에 배웠지만, 이미 까맣게 잊어버린 것 같았다. 아버지가 다시 물으셨지만, 수암은 잠자코 앉아 꼼짝도 하지 않았다.

우리 아버지는 이름을 떨치는 걸 중요시하는 사람이어서, 젊어서 죽은 동생의 어린 아들에게 그토록 어려운 한문을 가르치기 시작했던 것이다.

"이 글자는 채소라는 뜻을 나타낸다. 한자로는 어떻게 읽지?"

성미 급한 아버지가 물으셨다.

"채!"

수암이 재빨리 대답했다.

"잘했다!"

아버지는 그를 칭찬한 다음, 또 물으셨다.

"다음 글자는 어떻게 읽지?"

그러나 이번 글자는 첫 번째 글자보다 훨씬 더 어려운 것 같았다. 수암은 입을 꼭 다문 채 눈을 내리깔고 방의 구석구석을 곁눈질하더니, 어쩔 줄 모르고 나를 바라보았다. 그러나 나는 그를 도울 수가 없었다. 나는 아직 그 글자를 읽을 수 없었기 때문이었다.

"야, 이 멍청한 녀석아!"

아버지는 버럭 소리를 지르셨다. 그러자 수암의 작은 눈에 눈물이 고이더니, 곧 뺨 위로 흘러내려 그 어려운 글자 위로 떨어졌다. 나는 너무나도 슬펐다.

수암은 어릴 때의 내 동무였다. 우리는 언제나 함께 놀았고, 아침과 저녁도 함께 먹었고, 어디든지 함께 다녔다. 우리 집에는 아이들이 많았다. 나에게는 누이가 셋 있었고, 수암에게는 누이가 둘 있었다. 그래서 아이들이 모두 일곱 명이었다. 또 구월이란 애가 있었다. 그 애는 방 청소나 아기 보는 일 등 집안일을 맡아 하는 하녀였는데, 역시 어린 축에 끼였다.

그렇지만 누이들이나 구월이나 모두 우리 둘보다 나이가 많았고 여자애들이어서, 같이 놀 수가 없었다. 그래서 우리 둘이서만 모든 것을 항상 함께했다. 내 기억에는, 우리는 똑같이 짙은 갈색 옷고름이 달린 분홍 저고리에 회색 바지를 입었고, 똑같이 검은 가죽신을 신었다. 더구나 수암은 나이가 나보다 반 년 정도밖에 많지 않아서, 우리 둘의 생김새가 그처럼 다르지만 않았다면 사람들이 쌍둥이로 여겼을 것이다. 수암은 작달막하고 딱 바라진 체격의 사내아이로, 볼은 살이 올라 통통했다. 그는 유난히 눈이 가늘었고, 입은 너무 작아 거의 입술이 없어 보였지만 코가 아주 잘생겼다. 나는 그와 반대로 바짝 마르고 큰 키에 눈과 코가 큼직했다. 그러나 우리는 떼어 놓을 수 없는 단짝이라, 웃을 때나 울 때나 거의 함께 웃고 울었다.

다행히도 우리 어머니와 수암의 어머니가 방에 들어와서 우리를 밖으로 데리고 나가셨다.

"애들을 너무 꾸짖지 마세요."

어머니는 아버지에게 이렇게 말한 다음,

"학교에 가면 다 배우게 될 거예요."

하셨다.

우리는 간신히 그 방에서 빠져나올 수 있었다.

우리가 날마다 뛰어놀았던 뒤뜰은 햇볕이 잘 들었다. 조용하고 넓은 그 뜰에서 우리는 아무 방해도 받지 않고 놀았다.

낮에는 아무도 그곳으로 오지 않았기 때문이었다. 게다가 날이
무더울 때면, 옷을 벗어 던지고 알몸으로 뛰어다닐 수도 있었다.
그 뜰은 높은 담장으로 둘러싸여 있었기 때문에 이웃에서
들여다볼 수도 없었다. 누이들이나 구월이가 가끔 야채를
뜯으러 와도 우리는 부끄러워하지 않았다.

수암은 마당에다 길고 곧게 홈을 판 다음, 내가 주워 나른 넓적한 돌로 그 위를 덮었다. 수암은 홈의 한쪽을 더 파서 아궁이를 만들고, 다른 쪽에는 굴뚝을 만들어 세웠다. 그리고 아궁이에다가 마른 나뭇가지를 때면서 연기가 굴뚝으로 잘 빠져나가는지 지켜보았다. 우리는 연기가 새지 않고 굴뚝으로만 빠져나갈 때까지, 돌 사이의 기다란 틈을 모두 흙으로 메웠다. 그것은 수암이 내게 가르쳐 준 정말 재미있는 놀이였다. 수암은 아버지의 말씀처럼 결코 바보가 아니었다. 그는 착하고 똑똑한 아이였다.

또 한 번은 수암이 잠자리 잡는 법을 가르쳐 주었다. 우리 마을에서는 사내아이라면 당연히 잠자리를 잡을 줄 알아야 했다. 가느다란 버들가지를 휘어 동그랗게 만들어서 기다란 장대에 단단히 동여맸다. 우리는 그 잠자리채를 들고 거미줄을 찾으러 다녔고, 결국 그 채를 거미줄로 꽉 채웠다. 예쁜 잠자리가 날아가는 것이 보이기만 하면, 쫓아가서 되도록 날쌔게 잠자리채를 휘둘렀다. 수암은 운 좋게도 곧잘 잠자리를 잡았다. 그리고 조심스럽게 잠자리를 그물에서 떼어 냈다. 그가 엄지와 집게손가락으로 잠자리의 허리를 꼭 잡으면, 잠자리는 제 꼬리가 물릴 때까지 꼬리를 안쪽으로 구부렸다. 또 수암은 풍뎅이를 잡으면 넓고 판판한 돌 위에 거꾸로 뒤집어 놓아, 오랫동안 날개를 파닥거리며 이리저리 뱅글뱅글 돌게 만들었다. 우리는 그 놀이를 정말 좋아했다.

뛰놀다 지치면, 짚단을 깔고 앉아서 햇볕을 쬐었다. 뒤뜰에는 우리의 놀이터 외에도, 채소밭과 물이 말라 버린 우물과 큼직한 창고가 있었다. 울타리 옆에는 봉선화가 피어 있었고, 채소밭에는 오이며 박이며 참외의 흰 꽃과 노란 꽃이 보기 좋게 피어 있었다. 또 새빨간 열매가 수도 없이 열리는 석류나무가 있었다. 그렇지만 그 열매가 너무 시어서 따 먹지는 않았다.

　우리 집에는 뜰이 여러 군데 있었다. 뒤뜰은 집 뒤에 있는 뜰이라고 해서 그렇게 불렀다. 빙 둘러 지은 본채에는 방이 여섯 개에 부엌과 마루가 있었고, 한가운데에 여자들이 생활하는 안뜰이 있었다. 그곳에는 화분들과 오리장과 비둘기장이 있었다. 본채 앞에는 중문이 있는 나지막한 담으로 나누어진 두 개의 뜰이 있었다. 아버지 방으로 이어지는 오른편에 있는 뜰은, 그 뜰에 깊은 우물이 있다고 해서 우물뜰이라고 불렀다. 높다란 대문과 손님이 드는 사랑채로 둘러싸인 왼쪽 뜰은 바깥뜰이라고 불렀다. 이렇게 뜰이 여러 군데 있었지만, 우리는 뒤뜰에서만 놀 수 있었다.

　화창한 어느 날 오후, 수암은 놀이를 그만두고 안채에 있는 하녀 방으로 나를 끌고 들어갔다. 그 방은 크지만 어둠침침했다. 우리는 처음으로 그 방에 들어갔다. 나는 수암이 언제나 신나는 일을 궁리하고 있다는 것을 알고 있기 때문에 좋아서 그를 따라갔다. 거기서 수암은 한참 동안 높다란 장롱 앞에 서서 그 위에 놓여 있는 번쩍거리는 갈색 단지를 유심히 올려다보고 있었다. 나는 전에 이런 단지를 본 적이 있었으나, 그 속에 무엇이 들어 있는지는 몰랐다. 수암은 베개를 몇 개 가져다가

탑처럼 쌓아 올리고 장롱에 기어오르려고 했다. 나도 열심히
밑에서 그를 도와주었다. 그런데 베개가 평평하지 않고
기다랗고 둥글어서, 수암은 몇 번이나 나동그라졌다. 하지만
수암은 포기하지 않고 기어이 장롱 위로 올라갔다. 수암은
그 위에서 한참 동안 가만히 있었는데, 그가 입맛을 다시는
소리가 들렸다. 나는 수암에게 도대체 거기서 뭘 먹고 있느냐고
물었다. 그는 아무 대답도 하지 않고 계속 입맛만 다셨다.
그렇게 한참이 지나서야 내게 꿀을 좀 내려 주겠다고 말했다.
그는 오른손을 단지 속에 깊숙이 넣었다가 꺼낸 다음, 왼손으로
장롱 모서리를 꼭 잡고서 조심스럽게 내려왔다. 그러나 그는
방바닥에 나동그라지고 말았다. 쌓아 놓은 베개가 무너져
버렸기 때문이었다. 수암은 꿀 묻은 손을 허우적거리며
여기저기를 붙잡았기 때문에, 먹음직스런 누런 꿀은 거의 남아
있지 않았다. 그런데도 나는 그의 손을 말끔히 핥고, 마냥
좋아하며 그 방에서 나왔다. 앞으로 어떤 일이 일어날지 전혀
모른 채 말이다.
　저녁때 우리는 우리가 저지른 죄의 대가를 치러야 했다.
우리는 이미 이불 속에 누워 있었다. 수암은 자기 어머니 방에,
나는 우리 어머니 방에 누워 있었다. 그런데 갑자기 누군가가
우리를 불렀다. 달고 맛있는 참외나 배를 주려나 하고 기대에
부풀어, 안방이라고도 부르는 큰방으로 들어갔다. 거기서 나는
집안 여인네들이 못마땅한 얼굴을 하고 있는 것을 알아차렸다.
하녀인 구월이는 베개들을 조심스럽게 살펴보면서 혀를 끌끌

찼고, 그동안에 두 어머니는 우리를 유심히 살펴보았다. 수암은 잔뜩 풀이 죽어 절망적으로 나를 바라보며, 베개가 우리의 비밀을 드러냈다는 것을 알려 주었다. 숙모는 우리에게 장롱에 기어올랐느냐고 물으셨다. 수암은 입을 꼭 다물고 아무 대꾸도 하지 않고 자기 어머니를 흘겨보았다. 숙모는 우리를 벌주려고 대나무 회초리를 손에 쥐고 계셨다. 그러나 숙모는 회초리를 내려놓고, 우리의 양쪽 뺨을 때리셨다. 나는 너무 아파서 그만 소리를 내고 울었다. 그렇지만 수암은 잠자코 견디었다. 수암은 매를 맞는 게 당연하다고 시인하는 것 같았다. 수암은 울지도 않고 반항도 하지 않고, 그저 말없이 나를 데리고 밖으로 나왔다.

독 약

아침마다 수암은 아버지에게서 새로운 한자 넉 자씩을
배웠다. 나는 그 옆에 조용히 앉아서, 그가 아버지에게서 놓여날
때까지 기다렸다. 그는 참으로 어렵게 한자를 배웠다. 처음에는
한 자 한 자씩 배우고 나중에는 넉 자를 모두 합해서 뜻과 음을
따라 외우는 것인데, 그렇게 하기까지 상당한 시간이 걸렸다.
그다음에 나도 수업을 받기 시작했다. 어느 날 아침 아버지는
새 책을 주며 말씀하셨다.

"보는 것이 끝났으니 이제부터는 너도 배워야 한다."

그 책은 수암의 책과 똑같이 누런 표지에 파란 실로 꿰맨
것이었다. 책장을 펴자 아버지는 첫 줄 네 글자를 가르쳐
주셨다. 매우 엄숙한 기분이 들었다. 나는 온몸이 마비된
사람처럼 멍하니 앉아 있었다. 그러나 수암은 우리가 함께

배우게 되어서, 이제는 자기 혼자 고생하지 않아도 된다며
기뻐했다.

그 후 얼마 있다가 우리는 붓글씨를 배우게 되었는데, 그것은
읽는 공부보다 훨씬 즐거웠다. 우리는 각자 벼룻집과 여러 장의
습자지를 받았고, 맨 먼저 먹 가는 법을 배웠다. 벼루의 오목한
곳에 물을 조금 따라 붓고, 물이 기름처럼 진해질 때까지
손가락만 한 먹을 오랫동안 앞뒤로 갈았다. 먹의 향기가 풍겼다.
그런 다음 우리는 큰 붓으로 습자책에 한 획 한 획씩 따라
그었다. 습자 연습을 하는 데는 참을성이 필요했다. 우리가 처음
쓴 글자는 다름 아닌 '하늘 천' 자였는데, 이 한 자를 적어도
백 번 이상 썼다. 청소부가 총채를 쥐듯이 붓을 단단히 잡고,
얇은 종이에다가 위에서 아래까지 꽉 차도록 잔뜩 썼다. 우리
둘의 손가락은 먹물로 온통 검게 되었다. 우리는 그런 손가락을
바지에다 쓱쓱 문지르고 나서는 다시 써 내려갔다. 수암은 모든
면에서 나보다 활달했다. 붓글씨를 연습할 때도 나보다
재빨랐는데, 그 때문에 밝은 회색 바지에다 검은 먹물을 몇 배
더 그어 놓았다. 뿐만 아니라, 우리의 분홍색 옷소매도 점점 더
검게 물들어 갔다. 우리의 첫 습자 공부가 끝난 후, 집안의
여자들은 모두들 기겁을 했으나, 우리는 벌을 받지는 않았다.
오히려 아버지는 우리를 감싸 주며 웃으셨다.

"이게 바로 서예가의 명예로운 훈장인 게야."

가장 골칫거리는 손이었다. 먹물이 수없이 많은 손금에 배어
아무리 씻어도 전처럼 깨끗하게 되지 않았다. 사람들은 그런

우리를 보고 '두 명의 먹둥이'라고 불렀다. 그리고 아침마다
우리를 씻겨 주어야 했던 구월이는 혀를 차면서 말했다.

"너희들 손하고 까마귀 발 중에서 어느 쪽이 더 검은지,
난 정말로 궁금하다."

'하늘 천' 자를 다 익히고 난 다음, 우리는 '땅 지' 자를 썼다.
그다음에는 천자문의 순서대로 '검을 현' 자와 '누를 황' 자를
써 나갔다. 우리는 방에 있는 깨끗한 돗자리를 더럽히지 말아야
했기 때문에, 늘 안채의 마루에서 글을 썼다. 그러나 우리는
신경 쓰지 않았다. 곧 우리는 '날 일', '달 월', '별 성', '별 신'
자를 썼다.

공부가 끝나면 우리는 곧바로 아버지 방에서 나와야 했고,
부르기 전에는 다시 들어갈 수 없었다. 아버지의 일과 아버지를
자주 방문하는 손님들을 방해해서는 안 되었다. 우리는 그것이
너무 아쉬웠다. 그 방에는 온갖 신기한 물건들이 가득했기
때문이었다.

그런데 어느 날 오후, 그 방이 마침 텅 비어 있었다. 부모님과
수암의 어머니는 외출을 하셨다. 그래서 우리는 그 방에 들어가,
그곳에 있는 모든 물건들을 마음놓고 뒤졌다. 우리는 방석과
등받이, 책상이며 나무 담뱃갑이랑 돌 담뱃갑을 살펴본 다음에
벽장의 미닫이문을 열었다. 벽장 속에는 정말 흥미로운 물건들이
많았다. 족자며 갓통이며, 북처럼 두드리면 소리가 잘 나는
바둑판이 들어 있었다. 벽장 한쪽에는 검은 나무로 만든 서랍이
많이 달린 비밀스러운 큰 궤가 있었다. 그런데 아쉽게도 그 많은

서랍이 모두 잠겨 있었다. 우리가 있는 힘을 다해서 아무리 세게
당기고 밀고 흔들어도 서랍은 열리지 않았다.

그때 수암이 그 궤의 왼쪽에서 작은 열쇠 하나를 찾아서,
마침내 우리는 서랍을 하나씩 차례로 열고 서랍 속에 든 갖가지
궁금한 물건을 살펴볼 수 있었다. 그런데 그 일로 말미암아
수암에게 큰 불행이 닥쳤다.

그 속에 위험한 물건이 들어 있으리라고는 예상하지 못하고,
우리는 서랍 속에 있는 것을 모조리 살펴보았다. 서랍 속에는
단단하고 흰 알뿌리, 가느다란 나무 줄기, 자그마한 갈색의
알약, 그 밖에도 다른 물건들이 많이 들어 있었다. 내가 단맛이
나는 가느다란 나무 줄기를 씹고 있는 동안, 수암은 연거푸

서랍을 뒤지면서 검은 환약이며 하얀 알약을 먹었다. 그러고
나서 갑자기 조용해지더니 그대로 말없이 주저앉았다.
  "미악!"
  그는 나에게 뭔가 특별히 부탁할 때처럼 부드러운 목소리로
불렀다. 그는 'ㄹ' 자와 '으' 자를 제대로 발음할 수 없었기
때문에 내 이름을 이렇게 불렀다.
  "미악, 물 좀 갖다 줘!"
  내가 그에게 물을 한 그릇 떠다 주었더니 그는 단숨에 다 마셔
버렸다. 그러고 나서 그는 마치 온몸이 굳은 것처럼 한동안 그냥
앉아 있었다.
  "미악, 내 목 좀 들여다봐!"

그는 괴로운 듯이 말하면서 입을 크게 벌렸다. 수암의
목구멍은 빨갰고 몹시 부어 있었다. 내가 그렇게 이야기하자
그는 눈물을 흘렸다.

"죽겠어!"

그는 슬프게 말했다.

우리는 모든 걸 그대로 내버려 둔 채 서둘러 안채로
뛰어갔다. 누이들이 달려왔고 구월이가 부리나케 어른들을
부르러 갔다. 수암의 목구멍은 점점 더 부어오르는 것 같았다.
수암은 숨을 제대로 쉬지 못했다. 가엾은 수암! 그가 이처럼
딱해 보인 적이 없었다. 그는 숨을 간신히 내쉬면서 방바닥에
누워 나를 빤히 쳐다보았다. 마치 나와 영영 작별을 고하는 것
같은 눈빛이었다.

그때 아버지가 의원을 데리고 돌아오셨다. 의원은 우리가
무엇을 먹었는지 내게 자세히 묻고 나서, 시커먼 탕약 한 대접을
마련했다.

그 시커먼 탕약은 참으로 신통했다. 수암은 다음 날 아침에
회복되었다. 다만 평소보다 조금 조용해졌고, 쓴 약을 계속
기꺼이 마셨다. 의원은 이번 일을 계기로 수암의 여러 가지 다른
병을 발견한 것 같았다. 그래서 수암은 그 후 가끔 진찰을
받아야 했고, 여러 가지 약을 먹어야 했다. 시커먼 탕약 때문에
자신이 살았다는 것을 알고 있었기 때문에, 그는 기꺼이 약을
먹었다.

그러나 끔찍한 날이 수암을 기다리고 있었다. 그날 그는

훔쳐 먹은 죄에 대해 호되게 벌을 받아야 했다. 그동안 수암은
몹시 아팠기 때문에 특별한 벌을 받지 않았지만, 나는 내 몫으로
수차례 꾸지람을 듣고 뺨을 맞았다. 그래도 나는 아무렇지도
않았다. 수암이 죽지 않고 살아난 것이 기뻤을 뿐이었다. 그러나
이제 수암은 더 끔찍한 일을 견뎌야 했다.

날씨가 무더운 어느 날 오후, 수암은 사랑방에 와 있는
의원에게로 끌려갔다. 의원은 수암에게 등에 마른 쑥을 두 덩이
올려놓고 불을 붙여서 뜸을 떠야 한다고 설명했다. 그래야
뜨거운 기운이 피부 속에 스며든다는 것이었다. 수암은 모든
설명을 들은 뒤 잠깐 생각하더니, 마침내 의원 앞에 가서
엎드렸다.

"너 내 곁에서 떠나지 마, 응?"

수암이 내게 말했다.

"그래, 안 떠날게!"

나는 그를 안심시켜 주었다.

두 어머니는 수암이 가만히 있도록 그의 두 손을 단단히
잡으셨다. 의원은 녹회색 쑥 뭉치 두 개를 뾰족하게 만들어서
수암의 벗은 등에 올려놓고, 그 꼭지에다 불을 붙였다.

"벌써 연기가 난다, 수암아!"

내가 말했다.

"아프냐?"

의원이 수암에게 물었다.

"아뇨!"

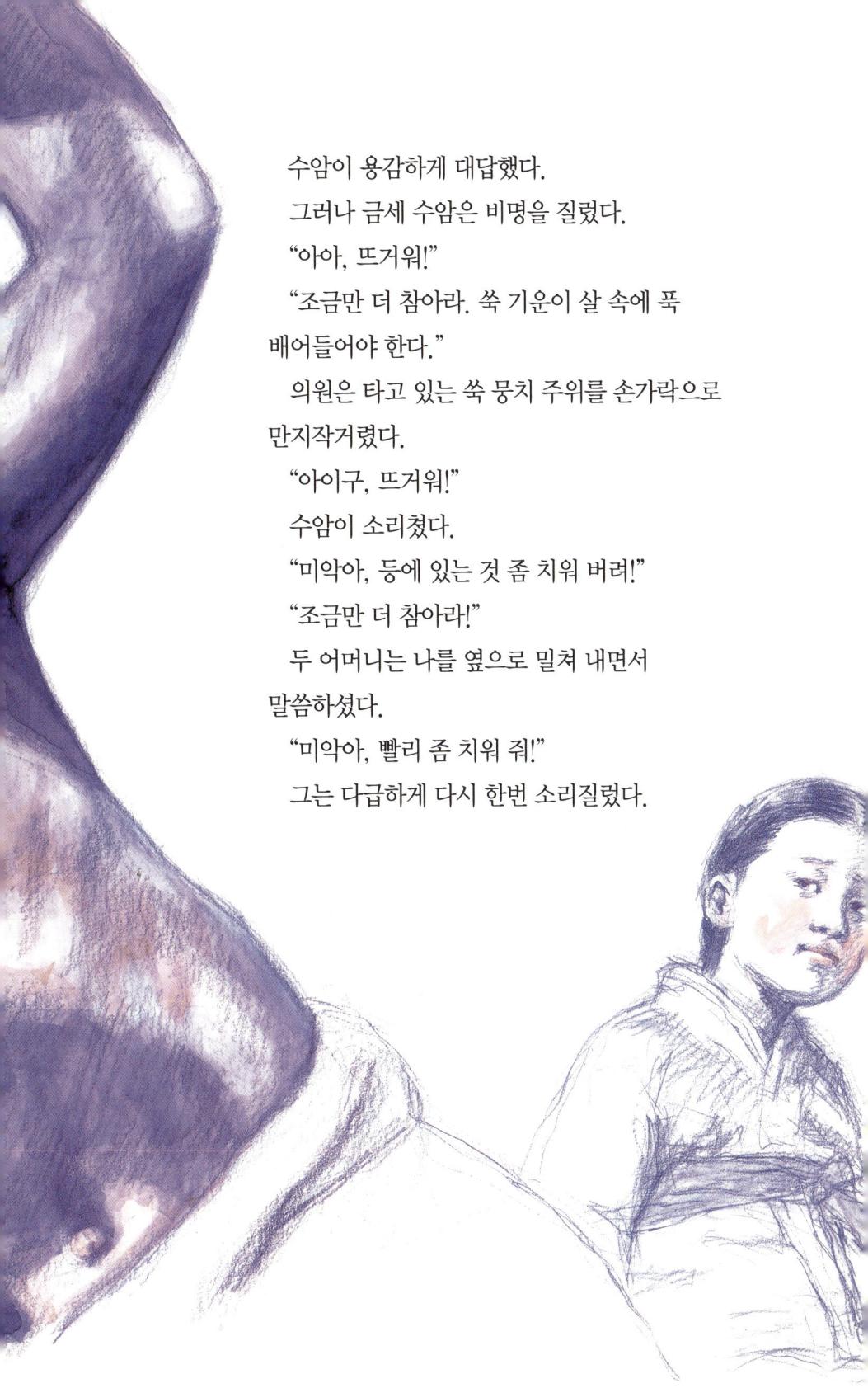

　수암이 용감하게 대답했다.
　그러나 금세 수암은 비명을 질렀다.
　"아아, 뜨거워!"
　"조금만 더 참아라. 쑥 기운이 살 속에 푹
배어들어야 한다."
　의원은 타고 있는 쑥 뭉치 주위를 손가락으로
만지작거렸다.
　"아이구, 뜨거워!"
　수암이 소리쳤다.
　"미악아, 등에 있는 것 좀 치워 버려!"
　"조금만 더 참아라!"
　두 어머니는 나를 옆으로 밀쳐 내면서
말씀하셨다.
　"미악아, 빨리 좀 치워 줘!"
　그는 다급하게 다시 한번 소리질렀다.

"으윽, 내 살 다 타겠다."

"나는 할 수 없어, 수암아."

"빨리 치워, 미약아, 빨리! 미약…… 아이구, 미약아!"

이 가슴 찢어지는 듯한 괴로운 광경은 결국 수암의 심한 욕지거리로 끝났다.

"야, 이 망할 놈아, 이 의원 놈, 나쁜 자식!"

수암은 고함을 질렀다.

이런 온갖 어려움 속에서도 우리는 계속 한문책을 익혔다. 그 책의 표지에는 '천자문'이라고 쓰여 있었다. 꼭 천 자가 적혀 있는 그 책 속에는 한 줄에 넉 자씩이 서로 운을 맺고 있었다. 그 책에는 본래의 제목 외에도 부제로 '백수문'이라고 표지에 쓰여 있었다. 아버지는 우리가 그 책을 끝까지 다 배우고 난 다음에야, 그 책의 제목의 뜻을 설명해 주셨다.

아버지의 말씀으로는, 그 책을 쓴 사람은 죄수였는데 젊은 나이에 중국 황제로부터 사형 선고를 받았다고 했다. 그러나 그는 위대한 시인이었기 때문에, 그를 아끼던 모든 백성들이 그를 살려 달라고 간청했다. 그래서 황제는 그에게 매우 어려운 과제를 내 주면서, 그걸 풀기만 하면 살려 주겠다고 했다. 그 어려운 과제란, 황제가 아무렇게나 모은 천 개의 글자를 가지고 하룻밤 사이에 훌륭한 시를 짓는 일이었다. 사형 선고를 받은 시인은 그 과제를 풀었다. 그런데 다음 날 아침 그가 시를 가지고 황제 앞에 나타났을 때, 아무도 그를 알아보지 못했다.

자신의 목숨이 걸렸던 그 하룻밤 사이에 그는 백발 노인이 되고
말았던 것이다. 그러나 그 시가 너무나 훌륭해서 황제는
그에게서 위대한 시인의 천품을 알아보고 그를 살려 주었다.

우리는 아버지 앞에 조용히 앉아서 그 이야기를 감동 깊게
들었다. 그가 어떤 죄를 저질렀는지는 알지 못했지만, 죽음과의
싸움에서 머리털이 하얗게 세고 말았다는 사실이 우리를 몹시
슬프게 했다.

우리의 생활에 큰 변화가 생겼다. 아버지가 훈장님 한 분을
집으로 모셔다가 바깥채에 서당을 차리고, 아버지와 친한
집안의 아이들까지 이 서당에 다니게 하셨기 때문이었다.
서당에는 서른 명이 넘는 사내아이와 계집아이 한 명이 다녔다.
우리 둘은 이때부터 아침마다 낯선 훈장님에게 가서 읽기와
쓰기를 배웠다. 우리는 이 새로운 생활이 마음에 들지 않았다.
저녁때까지 가만히 앉아 꼼짝도 못 하고 글을 배워야 했기
때문이었다.

그러나 쉬는 시간에 다른 아이들과 어울려 노는 일은 매우
재미있었다. 그 아이들은 우리에게 새로운 놀이를 많이 가르쳐
주었다. 사내아이들 사이에서 가장 인기 있었던 놀이는
'제기차기'였는데, 제기는 '배드민턴' 공과 비슷하게 생겼다.
우리는 구멍이 뚫린 엽전과 종이로 제기를 만들었다. 제기를
한쪽 발로 높이 차서 올리고, 땅에 떨어지기 전에 다시 다른
발로 높이 차서 올렸다. 이렇게 해서 떨어뜨리지 않고 가장 많이
반복할 수 있는 아이가 이겼다. 우리는 승리자가 되기 위해

이 놀이를 했다. 그러나 어떤 아이들은 이긴 사람이 진 사람을
놀리거나, 두 손가락으로 팔목을 몇 대씩 때리는 재미로
이 놀이를 했다. 또 볶은 콩이나 밤 한 줌을 걸고 놀이하는
아이들도 있었다. 수암은 제기차기를 아주 열정적으로 했다.
가끔은 흥분해서 아이들과 싸우기도 했고, 주먹질이나 발길질이
오가기도 했다.

벌

수암은 큰 사랑방 옆에 있는 작은 방에 앉아서 열심히 작업을 하고 있었다. 그는 기다란 대나무를 가늘게 쪼개, 날카로운 칼로 겉이 매끈하게 될 때까지 다듬었다. 그러고 나서 붓글씨 연습할 때 쓰라고 받은 큰 종이에 동그란 구멍을 내고, 그 아래에 먹으로 나비를 그렸다. 그 종이와 가느다란 대나무 살에 풀칠을 하고 팽팽하게 붙여서 말렸다. 그러자 그것은 드디어 종이연이 되었다. 우리는 집 앞에 있는 성벽 위에서 다른 아이들이 연을 띄우는 것을 자주 보았다. 오래전부터 우리도 그런 연을 가져 봤으면 했지만, 그 소원은 이루어지지 않았다. 부모님들이 그것을 허락하지 않으셨기 때문이었다. 수암은 다른 아이들이 갖고 있는 연을 잘 살펴보고 스스로 연을 만들고 있었다. 나는 수암의 솜씨에 놀라면서, 그가 종이에 풀칠을 하고 말리는 것을

거들었다. 마음속으로 우리의 연이 곧 하늘 높이 날기를 빌면서
말이다.

다음 날 우리는 뒤뜰에서 몰래 첫 번째 실험을 했다. 그러나
연은 올라가기는커녕 자꾸 땅바닥으로 처박히기만 했다. 수암이
실 끝을 쥐고 연과 반대 방향으로 달려가는 동안, 나는 수도
없이 연 있는 데로 달려가서 연을 공중으로 높이 던져 올렸다.
그러나 연은 땅바닥에서 날아오르지 않았다. 실망한 수암은
아까보다 더 가는 참대 살과 더 얇은 종이로 새 연을 만들었다.
그러나 수암은 운이 없었다. 수암은 연을 만들고 또 만들었다.
종이는 얼마든지 있었다. 매일 습자용으로 석 장씩 받는 종이
중에서, 두 장은 붓글씨 쓰는 데 쓰고 나머지 한 장은 연 만드는
데 썼다. 그런 데다가 작은 방에는 좋은 종이가 여러 뭉치
있었다. 수암은 가끔 이 뭉치에서도 꺼내 썼다. 저녁에는 아무도
이 방에 오지 않았기 때문에 그는 방해받지 않고 작업을 할 수
있었다. 나는 지치기도 했고, 약간 실망도 해서 내 방으로
돌아왔다.

나는 자리에 누워 병풍에 그려진 그림을 보았다. 여덟 폭짜리
병풍에는 산과 바위, 꽃과 시냇물, 다리 그리고 기러기가
날아가는 바닷가가 그려져 있었다. 그림은 은은한 촛불 빛을
받아 아름답게 빛났다. 그중 소를 타고 피리를 부는 목동의
그림이 내 마음을 끌었다. 그 목동은 높다란 수양버들 옆을
지나, 멀리 언덕 뒤에 보일락말락 숨어 있는 자기 집으로

돌아가는 것 같았다. 나는 햇빛이 드리운 길과 그 길을
어슬렁어슬렁 걸어가는 소가 좋았고, 마치 피리 소리가 귓가에
들리는 듯해서 끝없는 평화를 느꼈다.

내가 이렇게 혼자 누워 있을 때면, 가장 어린 셋째 누나가
자주 찾아오곤 했다. 그 누나는 나보다 두 살 위로 '셋째'라고
불렸다. 셋째 누나는 성격이 독특했다. 다른 누나들이나
사촌 누이들처럼 저녁때면 뒤뜰에 모여 앉아, 재잘거리고
온갖 장난을 즐기는 것을 별로 좋아하지 않았다. 그 대신 자주
나를 찾아와서 옛날 이야기를 해 주곤 했다. 셋째 누나는 별과
해와 달은 물론이고, 제비와 토끼와 호랑이, 가난한 농사꾼과
나무꾼들에 관한 전설과 동화를 수없이 알고 있었다.

누나가 들려준 이야기 중에 이런 것이 있었다.

가난한 나무꾼이 깊은 산에 나무를 하러 갔다. 그런데 갑자기
산비탈에서 개암나무의 열매 하나가 굴러 내려왔다.

"이건 어머니께 드려야지!"
하면서 나무꾼은 개암을 주머니에 넣었다. 그런데 개암이 계속
굴러 내려왔다. 그때마다 나무꾼은 어머니를 생각하며 개암을
주웠고, 곧 주머니에 개암이 가득 찼다. 그런데 그가 집에
돌아왔을 때, 주머니 속의 개암은 눈부신 황금으로 변했다는
것이었다.

또 다른 이야기에는, 어느 가난한 어부가 큰 강에서 고기를
잡고 있었다. 그는 온종일 고기를 한 마리도 잡지 못해 빈손으로
돌아갈 일을 걱정하고 있었다. 그는 저녁때가 다 되어서야

비늘이 은처럼 반짝거리는 잉어 한 마리를 겨우 잡았다. 그러나
물고기를 바구니에 담으려고 할 때, 잉어가 슬프게 우는 것을
보았다. 어부는 불쌍한 생각이 들어 그 잉어를 다시 물속에
놓아주었다. 이튿날 아침, 그는 남해 용왕의 초대를 받고 가서
용왕의 아들을 살려 보낸 대가로 요술 상자를 받았다. 그가 전날
살려 준 그 잉어는 용왕의 외아들이었기 때문이었다. 그 요술
상자에서는 어부가 원하는 모든 것이 쏟아져 나왔다고 했다.

　다른 누나들처럼 셋째 누나도 주로 사내아이들이 공부하는
우리 서당에는 다니지 않았다. 계집아이들은 그저 어머니나
할머니한테서 집안일을 배웠다. 그러나 셋째 누나는 집안일을
배우기에는 아직 너무 어렸다. 그 누나는 바느질도 뜨개질도
음식 만드는 것도 배우지 않고, 종일 소꿉장난을 하거나
조잘대는 것으로 나날을 보냈다. 가끔 나는 셋째 누나가 마당에
앉아서 봉선화잎을 짓이겨 새끼손가락에 동여매는 것을
보았다. 그렇게 했다가 떼면 손톱이 빨갛게 물들었는데, 누나는
그게 예뻐 보인다고 했다. 그런가 하면, 나는 이따금 누나가
방구석에 앉아 두꺼운 책을 읽는 것도 보았다. 누나는
이야기책과 소설책을 즐겨 읽었다.

　누나가 읽는 책은 어려운 한자로 쓰인 책이 아니고, 스무
자 가량으로 이루어진 알기 쉬운 한글로 쓰인 것이었다.
한글에서 낱낱의 글자는 '하늘', '땅', '해'와 같은 단어가
아니고, 그냥 'ㅏ', 'ㅗ', 'ㅔ', 'ㄱ', 'ㄴ'처럼 낱자라고 셋째
누나가 나에게 하나하나 설명해 주었다. 셋째 누나는 아주

일찍부터 유모에게서 한글을 배웠기 때문에, 한글로 쓴 소설을 읽을 수가 있었다. 사람들은 이 쉬운 우리 고유의 글자를 '언문'이라고 불렀는데, 언문은 쉬운 역사나 이야기, 소설을 쓰는 데 사용되었다. 그래서 대부분 학교를 다니지 않았던 여자들도 그런 소설을 읽곤 했다.

셋째 누나는 내게 가르쳐 주는 것을 좋아했다. 누나는 셈하기와 기념일과 생일 그리고 다른 중요한 것들을 가르쳐 주었다. 누나가 옛날 이야기를 해 주지 않고 팔베개를 하고 내 옆에 가만히 누워 있을 때에는, 나는 누나가 곧 무슨 질문을 하리라는 것을 알았다.

"사방을 뭐라고 하니?"

누나가 나에게 물었다.

"동, 서, 남, 북."

나는 대답했다.

"색깔에는 어떤 것이 있지?"

"푸른색, 노란색, 빨간색, 흰색, 검은색."

"계절의 순서는?"

"봄, 여름, 가을, 겨울."

"그러면 봄은 어떻게 아름답지?"

누나는 계속해서 물었다. 누나는 사철의 아름다움을 표현하는 문장들을 가르쳐 주었으며, 나는 그것을 되풀이해서 외어야만 했다.

"산에는 꽃이 피고, 계곡에는 뻐꾹새가 노래 부르네."

"그래, 맞았어! 그럼 여름은 어떻게 아름답지?"

"들에는 가랑비가 보슬보슬 내리고, 담장에는 푸른 버들잎이 무성하네."

"가을에는 무엇이 아름답지?"

"들에는 시원한 바람이 속삭이고, 낙엽이 뒹굴고, 달은 고독한 뜰을 비추네."

"참 잘했어, 그러면 겨울은?"

"언덕과 산에 흰 눈이 쌓이고, 길에는 나그네도 보이지 않네."

"넌 역시 똑똑해!"

누나는 나를 잔뜩 칭찬해 주었다.

어느 날 저녁, 나는 수암이 뭘 하고 있나 보려고 그 비밀 골방으로 다시 가 보았다. 그동안에 그는 작은 연을 많이 날려 보았다. 이제 그는 아주 큰 연을 만들려고 하였다. 그는 나에게 둥근 구멍 아래에 검은색으로 큰 나비 두 마리를 그려 달라고 했다. 그동안 그는 참대 살을 깎았다. 풀이 끓어올랐고, 인두는 화롯불 속에 꽂혀 있었다. 우리가 막 참대 살을 종이에 붙이려고 할 때였다. 갑자기 문이 활짝 열리더니 아버지가 우리 앞에 서 계셨다. 우리는 깜짝 놀라 어찌할 바를 몰랐다. 수암은 서둘렀지만 연을 숨길 수는 없었다. 아버지는 이미 우리가 한 짓을 모두 보셨다. 아버지는 우리 둘과 연과 흐트러진 종이 뭉치를 놀란 눈으로 한동안 바라보다가, 화를 내며 소리를 지르셨다.

"당장 이리 나와!"

우리는 정성껏 만들어서 애지중지하던 연을 방에 그대로 둔 채, 아무 말 못 하고 밖으로 나왔다.

"얘는 그저 내가 만드는 것을 보고만 있었어요!"

수암은 내가 벌을 받지 않도록 더듬더듬 변명해 주었다.

이튿날 아침에 우리는 벌을 받았다. 연을 만든다는 것은 나쁜 일이 아니지만, 습자를 하기 위해서 받은 종이를 함부로 쓰고 값비싼 종이 뭉치를 마음대로 쓴 것은 나쁜 짓이라고 하셨다. 훈장님이 우리를 벌하셨다. 우리는 바지를 걷어 올리고 종아리를 맞아야 했다. 훈장님은 손가락만 한 굵기의 회초리를 여러 개 놓고 있었으나, 지금까지 그것을 사용한 적은 없었다. 이제 우리 둘이 평화로운 이 서당에서 경고의 첫 본보기가 된 것이었다. 우리 두 말썽꾸러기가 방 한가운데에 앉아 있는 동안, 다른 아이들은 우리가 벌받는 모습을 지켜보기 위하여 벽을 등지고 둘러앉았다. 그 분위기는 가슴이 써늘할 정도로 아주 엄숙했다. 머리에 관을 쓴 훈장님은 다시 한번 우리의 잘못을 낱낱이 설명한 후, 매를 손에 들고 단단한가 어떤가를 살펴보셨다. 그 순간 얼마나 무서웠던지! 훈장님은 수암에게 종아리를 걷어 올리라고 하셨다. 수암은 불만스럽게 매를 바라보며 꼼짝도 하지 않고 앉아 있었다.

"이리로 오지 못할까?"

훈장님이 수암에게 소리를 지르셨다. 수암은 한숨을 내쉬면서

훈장님 앞에 나가서 바짓가랑이를 걷어 올렸다. 훈장님은
종아리 석 대를 연거푸 때리셨고, 급기야 수암은 울음을
터뜨리고 말았다. 그러면서도 그는 내게는 아무런 잘못이
없으며, 자기가 연 만드는 것을 옆에서 구경만 하고 있었다고
말했다. 그렇지만 나도 종아리 석 대를 맞았다. 무척 아팠다.

그러나 그까짓 것은 아무것도 아니었다. 아픈 것쯤은 견딜 수
있었다. 그보다는 우리를 몹시도 동정하며 보고 있는 아이들
앞에서 매를 맞는다는 부끄러움이 더 견딜 수 없었다.

저녁 산책

거의 모든 서당 아이들이 우리 둘보다 나이가 많았기 때문에
공부에서도 우리보다 앞섰다. 그들 가운데 몇몇 아이들은 벌써
'당시선'을 읽었고, 지금은 운율을 연습하고 있어서 다른
아이들이 부러워하였다. 그 책에 있는 글은 모두 꽃과 비,
달빛과 술잔에 대해 읊은 시였다. 그러나 대부분의 다른 애들은
커다란 역사책을 읽었다. 그것은 '통감'이라고 하는 열다섯
권짜리 책으로 아주 흥미진진했다. 나라와 나라가 서로 싸우고,
왕조가 몰락하고, 다른 왕조가 그 자리를 차지했다. 우리 둘과
다른 작은 아이들은 아직도 남자아이들이 읽는 얄팍한 책을
읽었다. 그 책에는 '오륜'과 짧게 간추린 우리나라 역사가 실려
있었다. 마침내 그 책을 다 떼고 커다란 역사책의 첫 권을 손에
들었을 때, 우리는 가슴이 벅차오를 정도로 기뻤다.

　아침마다 서당에 훈장님이 오시면, 우리는 모두 훈장님에게
공손하게 큰절을 해야 했다. 그런 다음에 전날 배운 것을 잘
기억하고 있는지 시험을 봤다. 시험을 잘 보았으면 새 과제를
받았고, 벌써 잊었으면 어제 배운 것을 다시 공부해야 했다.
시험이 끝나면 아이들은 각자 벼루를 꺼내어 먹을 갈았고,
훈장님에게서 새 습자 교본을 받아 글씨 연습을 했다. 그리고
잠깐 동안의 쉬는 시간이 끝난 다음에는 그날 배울 것을
읽었다. 모든 아이들이 큰 소리로 저마다 다른 책의 다른 부분을
읽었기 때문에, 서당 안은 마치 벌집을 쑤신 것처럼 와글댔다.
　오후에는 오전보다 쉬는 시간이 더 많았다. 여름이면 우리는
종종 멱을 감으러 냇가로 몰려갔다. 우리 고향에 있는 수양산
골짜기에는 맑은 물이 흐르는 시내가 많았다. 거기서 우리는
마음껏 뛰놀고, 헤엄치고, 장난칠 수 있었다. 냇가로 가는 길은

참 아름다웠다. 마을을 벗어나 길 양쪽에 수많은 석상들이
서 있는 그늘진 길을 따라 걸어가면 넓고 깊은 못에 이르렀다.
우리는 못가에서 옷을 훨훨 벗어 던지고, 차가운 물속에 머리를
박으며 뛰어들었다. 무더위가 가시고 시원해질 때까지, 우리는
그 못에서 놀았다. 다시 아름다운 길을 따라 마을로 돌아왔다.
나뭇가지에서는 매미들이 내기라도 하듯이 울어 대고 있었다.

어머니와 숙모는 우리가 저녁밥을 먹고 나서 남문까지 잠시
산책하는 것을 허락하셨다. 우리는 정말 신나게 돌아다녔다.
삼층 석탑은 저녁 노을 속에 장엄하게 서 있었다. 성벽과 집들이
죽 늘어선 사이에 난 골목길을 지나서, 수없이 많은 돌계단을
올라가면 성문 앞 공터에 이르렀다. 공터에는 이미 이웃 동네
아이들이 모여서 놀고 있었다. 어떤 애들은 낡아 못 쓰게 된
동전을 땅바닥에 던져서 그것을 납작한 돌멩이로 맞추는 놀이를
했고, 어떤 애들은 제기를 찼다. 또 어떤 애들은 더 이상
뛰박질할 수 없을 때까지 한 발로 일정한 거리를 왔다 갔다 하는
외발뛰기 놀이를 했다. 아이들은 쓸데없는 말을 지껄이고,
다투고, 심지어는 맞잡고 싸우기까지 했다. 그러나 삼문 위에서

음악이 울려 퍼지기 시작하면, 모두 곧 조용해졌다. 삼문은
꽤 멀리 떨어진 시 한가운데 있는 관아 앞에 있었다. 고요한
저녁이면 아름답고 성스러운 음악이 남문까지 울려 와 우리의
마음을 어둠 속에서 차분히 가라앉게 해 주었다. 그 음악은
고을 원님의 저녁 인사였다. 날이 저물고 어둠이 내리기
시작하면, 이 고을 사람들은 모두 걱정 없이 쉴 수 있었다.
마을에 평화가 깃들었다.

그렇게 밤의 고요가 밀려왔다. 집집마다 저녁 연기가
피어오르고, 회색 지붕들은 서서히 여름 밤 안개 속으로 잠겨
갔다. 가장 높은 산봉우리만이 여전히 푸른 하늘 아래서 마지막
햇살을 받고 있었다. 그러면 나는 가끔 왠지 슬퍼지곤 했다.
그것은 아마도 낮이 지나고 신비스러운 밤에 둘러싸이는 데서
오는 적막감 때문일 것이다.

우리가 이렇게 넋을 잃고 앉아 있으면, 한 덩치 큰 사람이
천천히 돌계단을 밟고 올라와서 탑 안으로 들어갔다. 그리고
종루의 문을 열고 무거운 망치를 꺼내어 들었다. 그는 잠깐 동안
가만히 서서 들려오는 음악에 귀를 기울였다. 그 음악이
멈추자마자, 그는 망치를 높이 들고 큰 종을 치기 시작했다.
종소리는 먼 산에까지 울려 퍼졌다. 우리는 그 종지기 주위에
모여 서서 그가 종을 몇 번이나 치는지 헤아려 보았다. 처음에
오른손의 엄지손가락에서 새끼손가락까지 꼽았다가는, 거꾸로
다시 폈다. 그러면 열이 되었다. 그리고 다시 열까지 세기 위해
왼손의 엄지를 재빨리 꼽아서, 오른손처럼 한 번 더 열이 될

때까지 셌다. 저녁마다 종지기는 종을 스물여덟 번 쳤다.
왜냐하면 저녁 종소리는 스물여덟 명의 운명의 신이 다스리는
이 땅의 평화를 상징하기 때문이었다.

종지기는 망치를 다시 종루 안에 넣은 뒤, 조심스럽게 문을
잠그고 앞에 있는 공터로 나왔다. 거기서 그는 포문이 있는 낮은
성벽 앞에 서서, 짧은 담뱃대에 담배를 채워 넣었다. 그의
얼굴은 힘들여 종을 치느라 벌겋게 되었으며, 땀까지 흘리고
있었다. 그는 꿋꿋하게 서서 저녁마다 불을 피워서 우리가
평화롭다는 것을 알리는 봉화산의 봉우리를 바라보고 있었다.
그 봉화는 다시 다음 산에서 받아서 또 다음 산으로 전해서,
밤 동안 산봉우리를 타고 우리나라의 왕도인 서울까지
전달되었다. 우리는 이 서울이라는 전설적인 도시가 어디에
있는지 몰랐다. 그러나 서울은 틀림없이 봉화산이 있는 쪽에
있을 것이었다. 봉화산 마루의 봉화는 천천히 불빛을 발하더니,
곧 어둠 속에서 활활 타올랐다.

종지기는 만족한 듯 다시 계단을 내려갔다. 그는 우리를
보면, 조그만 밤 귀신이 돌멩이를 던지기 전에 집으로
돌아가라고 일러 주곤 했다. 우리는 그의 말을 따랐다.

아이들은 넓은 난간을 미끄럼을 타면서 내려갔다. 수암과
나도 똑같이 미끄럼을 탔다. 하도 많은 아이들이 미끄럼을
타서 돌은 깨끗하고 반들반들했다. 그래서 이미 더러운 우리의
바지가 더 더러워질 걱정은 없었다.

우리는 성문 앞으로 달려가서, 남문이 정말 잘 닫혔는지,

엿장수들이 다시 전을 벌였는지 살펴보았다. 넓은 판 위에는
먹음직스러운 엿사탕과 가락엿, 조각엿 들이 크기와 종류별로
잘 놓여 있었다. 그 옆에는 자그마한 초롱불과 엿을 자르는
가위가 있었다. 엿장수는 이따금 처량한 곡조로 엿에 섞어 넣은
여러 가지 향료를 자랑하면서, 박자에 맞추어 작은 가위를
짤그랑거렸다.

　우리는 흥겨운 마음으로 어두워지는 골목길을 지나 집으로
돌아왔다. 우리는 조그만 밤 귀신을 전혀 무서워하지 않았다.
벌써 여러 집 문에서는 희미한 불빛이 새어 나왔고, 우리
귓가에는 저녁 음악의 아름다운 가락이 끊임없이 맴돌았다.

　내가 뒤뜰에 가서 여자아이들의 놀이를 구경하는 동안,
수암은 몰래 여기저기 돌아다니다가 아주 늦게야 돌아왔다.
우리 마을의 남자아이들은 어느 골목이나 공터에 모여서,
다른 마을의 아이들을 적으로 몰아서 마구 두들겨 주었다.
아이들은 대개 주먹으로 싸웠지만, 이따금 다른 물건이나
돌멩이를 가지고 싸우기도 했다. 저녁이 서늘해지면
서늘해질수록 그리고 달이 밝으면 밝을수록 이러한 패싸움은
자주 벌어졌다. 이러한 때에 수암의 웃옷은 가끔 아주 엉망이
되어 있었다.

칠 성

　가족 관계에 있어서 아버지는 썩 다복하시지 못한 것 같았다.
삼촌이 일찍 돌아가셨기 때문에, 과부가 된 숙모와 세 아이를
아버지가 보살펴셨다. 그런 데다가 아버지의 누이도 남편을
잃었다. 그래서 상복기를 마치자마자 외아들을 데리고 우리
집으로 왔다. 그 애는 열 살쯤 먹었는데, 우리 셋 중에서는 제일
나이가 많았다. 그리고 볼이 발그스름하고 또래의 다른
아이들처럼 호리호리하고 잘생겼다. 흠잡을 데가 있다면,
입술이 유난히 두툼하고 딱딱하다는 것이었다. 몹시 심한 병을
앓고 나서부터 입술이 그렇게 되었다고 했다. 그의 눈빛은
생기가 있었고, 귀는 복스럽게 둥그스름했다. 얼굴빛이
부드럽고 볼이 무척 발그스름해서, 사내 옷을 입지 않았더라면
여자아이로 여길 정도였다. 그렇지만 무엇보다도 나를 놀라게

한 것은 너무나도 깨끗한 그의 손이었다. 내 손을 볼 때마다, 그와 나 사이에 큰 차이가 있다는 것을 느꼈다.

어느 날 저녁 우리가 우물뜰에서 제기를 차고 있을 때, 별안간 그가 우리 앞에 나타났다. 그는 가까이 와서, 누가 수암이고 누가 미륵이냐고 물었다. 우리는 앞에 선 아이가 누구라는 걸 금세 알았다. 앞으로 우리와 함께 살게 될 고종 사촌 '칠성'이었다. 나는 그가 무척 예뻐서 마음에 들었다. 그래서 보자마자 그에게 같이 놀자고 했다.

그러나 수암은 그가 별로 달갑지 않은 모양이었다. 수암은 우물에 기대어 서서, 하다가 만 제기차기를 다시 하려고 하지 않았다.

"여기서 놀기엔 너무 추운데."

수암은 상냥하게 생긴 새 친구를 꺼리는 눈빛으로 바라보았다.

우리가 다시 제기를 차는 동안, 칠성이는 주머니에서 짧은 대나무와 주머니칼을 꺼내더니 대나무를 여기저기 깎기 시작했다. 그러더니 두툼한 입술로 피리를 불기 시작했다. 처음에는 발랄하고 빠른 곡조를, 그다음에는 즐거웠던 한때가 생각나게 하는 느리고 구슬픈 곡조를 불었다. 나는 뼈마디가 놀랄 만큼 가벼워지는 것을 느꼈다. 수암을 보니 그 역시 손과 발로 장단을 맞추고 있었다. 나는 춤을 추었다. 칠성이의 피리 소리는 점점 더 흥겨워져 갔다. 그는 피리를 불고 또 불었다. 우리는 신나게 춤을 추느라 아버지와 칠성이의 할아버지가

사랑채로 통하는 계단에 서서 우리를 보며 웃고 계신 것도
몰랐다.

아버지는 내가 춤추는 것을 한 번도 보신 일이 없었다.
내 기억으로는, 할머니가 안방에서 우리에게 저녁마다 춤을
가르쳐 주실 때, 아버지는 거기에 계신 적이 없었다. 누나들은
작은 북으로 장단을 맞추며 아이들이 부르는 노래를 불렀고,
우리는 단순히 손발을 흔들며 춤을 추었다. 그러나 누나들이
우리에게 이렇게 아름답고 은은한 곡조를 들려준 적은 한 번도
없었다.

그것은 '탈춤'에서 따온 곡이었다. 탈춤은 우리 고을에서
해마다 공연되는 가장 인기 있는 무언극이었다. 몇 년 전 어느
화창한 봄날, 구월이는 이 탈춤을 구경하기 위해 나와 수암을
데리고 시내로 갔었다. 그때 우리는 삼십 명쯤 되는 탈을 쓴
광대들이 음악에 맞추어 시가를 누비며 북문 앞에 있는 노천
무대로 행진해 가는 대열 속에 끼였다. 높다란 나무 그늘 아래
자리잡은 무대를 둘러싸고 성벽과 문루와 언덕 위에 사람들이
빽빽이 앉아 있었다.

처음에는 절을 버리고 마을로 내려온 중이 등장했다. 그 중은
예쁜 여자를 사랑하게 된 기쁨에 넘쳐 춤을 추었다. 그다음에는
우스꽝스런 바보 광대가 등장했다. 그 바보 광대는 수많은
방울이 달린 지팡이를 들고 있어서, 움직일 때마다 요란하게
소리가 났다. 바보 광대는 중의 구애를 계속 훼방 놓다가 끝내는
예쁜 여자를 꾀어내 도망쳤다. 불쌍한 늙은 중은 다시 산속에

있는 절로 되돌아가야 했다. 중의 작별 장면은 화려하면서도
매우 슬픈 춤으로, 그날 하루 종일 계속된 공연의 마무리였다.

　이 마무리 춤은 해질 무렵에 시작해서 어둑어둑할 때까지
계속되어, 내 마음을 사로잡아 버렸다. 늙은 중이 우울한 곡조에
맞추어 기다란 소매를 앞뒤로 흔들며, 지친 다리를 한 번은 보통
걸음으로 한 번은 넓게 반원을 그리며 디디고, 등을 굽혔다 폈다
하면서 공중에 애틋한 마음을 표현하는 원을 그렸다. 그 모든
광경이 내 가슴속과 머릿속에 깊이 새겨져서, 나는 이날
저녁에 그 춤을 따라 할 수 있었던 것이다. 아버지는 내가 흥에
겨워하는 것이 그다지 맘에 들지 않으신 듯했다. 하지만 우리
셋이 첫날 저녁에 그토록 화목하게 지내는 것을 보고
기뻐하셨다.

　실제로 우리는 가을과 겨울 동안 아주 사이좋게 지냈다.
가장 나이가 많았던 칠성이가 우리에게 새로운 놀이를 많이
가르쳐 주어서 우리는 아주 즐거웠다. 우리는 서당이
끝나자마자 얼어붙은 강으로 달려가서는 어두워질 때까지
팽이를 쳤다. 집에서는 팽이, 대나무 피리, 대나무 자, 담뱃갑과
재떨이 등 온갖 장난감을 만들었다.

　우리 고향에서 일 년 중 가장 큰 명절인 설이 되었다.
한밤중에 조상의 신주 앞에 제사를 드리면서 명절은
시작되었다. 그다음에 우리 아이들은 안방으로 불려 가 맛있는
음식과 과일을 먹으며 실컷 놀았다. 다음 날 아침, 우리는

설빔을 입고 친척집과 친한 이웃집에 세배를 드리러 다녔다. 날씨는 무척 추웠다. 길바닥은 꽁꽁 얼어붙었고, 살을 에는 듯한 바람이 몰아쳤다. 하지만 우리는 신이 나서 집집마다 돌아다니면서 절을 하고, 미리 외어 둔 새해 인사말을 올렸다. 어디에 가나 우리를 따뜻하게 맞아 주었고, 맛있는 음식과 과일을 대접해 주었다. 친절하고 다정한 말을 듣고, 맛있는 음식을 대접받는 명절은 너무나도 행복했다. 우리 집에서도 할머니부터 구월이까지 모두가 가장 좋은 옷을 입고, 누구 하나 찌푸린 얼굴을 하지 않았다. 그리고 모두가 우리에게 좋은 말만 하였다. 우리 집에서 마름으로 있으며, 늘 나를 쓸모없는 녀석이라고 놀리는 성질 사나운 순옥이 아저씨까지도 이날은 다정하게, 언젠가는 나도 훌륭한 사람이 될 거라고 말해 주었다. 모두들 우리에게 덕담을 하며 선물을 주었다. 우리는 밤늦게 잠자리에 들어서도—수암과 나는 일 년 전부터 한방을 쓰고 있었다—앞으로 보름 동안 방학이라는 생각에 마음이 한껏 부풀어 올랐다.

"너무나 신나는 세상이야!"

나는 혼자 속으로 중얼거렸다. 그러나 수암은 어느새 코를 골고 있었다.

아이들 다음에는 어른들이 세배를 하러 왔다. 손님이 수없이 많았다. 처녀들과 부인들, 청년들과 노인들이 찾아왔고, 집 안은 기쁨과 웃음이 가득했다. 명절은 이렇게 하루하루 계속되었다.

내가 세월 가는 줄 모르고 명절 기분에 들떠 있는 동안,

수암은 저녁이면 몰래 집에서 나가 밤늦게야 돌아왔다. 그를
가만히 두지 않는 아이들과의 새해 싸움이 시작된 것이었다.
수암의 고운 옷은 온통 흙 발자국에 코피투성이였다. 그는
아무도 모르게 그것을 지웠다. 그러나 하루는 심하게 두들겨
맞고 돌아왔다. 양쪽 소매는 절반쯤 찢겨 있었고, 머리에는
여기저기 혹이 나 있었다. 수암의 이야기로는, 그가 세 놈에게
둘러싸여 호되게 두들겨 맞고 있는데 한 친구가 와서 구출해
줬다고 했다. 그 일로 수암은 싸울 마음이 좀 없어졌는지,
다음 날 저녁에는 집에 조용히 있었다. 저녁마다 싸움이 점점
더 거칠어졌고, 며칠 후에는 결판이 날 판이었는데도 말이다.

그 대신에 집에서 우리끼리 싸우기 시작했다. 이 싸움은 다른
사람이 아니라 아버지가 일으킨 싸움이었다. 어느 날 저녁,
손님이 없을 때였다. 아버지는 우리를 불러 이상한 놀이를
가르쳐 주셨다. 딱딱한 종이판에 가장 높은 관리에서부터 가장
낮은 관리에 이르는 관직 명칭이 적혀 있었다. 가장 낮은
단계에서 시작해서, 가장 먼저 판서 자리에 오르는 사람이
이기는 놀이였다. 아버지는 책을 들고 아무데나 마음대로
펼치셨다. 그때 나오는 면의 첫 글자를 운으로 하여, 우리 중의
누군가 그 글자로 끝나는 고전 시를 낭송해야 했다. 제대로
시를 외울 수 있는 사람은 한 등급 올라갈 수 있었다.

칠성이에게 걸린 첫 글자는 '임금 군' 자였다. 그는 이 글자로
끝나는 시를 하나도 알지 못해 오랫동안 침묵을 지켰다. 다음은
수암의 차례였다. 수암에게 걸린 글자는 '봄 춘' 자였다. 봄 춘

자는 아주 많이 쓰는 운자여서, 우리는 수암의 행운을
부러워했다. 그는 잠시 머뭇거리다가 말했다.

"길을 따라 찾아든 봄."

"잘했다!"

아버지는 수암을 칭찬하고, 문관의 지위에 올려 주셨다.
이것은 수암이 해낸 가장 큰 업적이었다. 그러나 애석하게도
그것이 처음이자 마지막이었다. 그는 그런 운 좋은 운자를
다시는 뽑지 못했기 때문에, 더 이상은 진급할 수가 없었다.
그는 여태까지 시집 한 권을 겨우 읽었을 뿐인 데다가
그것마저도 완전히 기억하지 못했던 것이다. 칠성이와 나도
곧 진급이 멎었다. 칠성이는 세 번 진급하고, 나는 네 번
진급하고 말았다. 그래서 아무도 놀이에서 이기지 못했다.

며칠 후에 우리는 이 놀이를 다시 계속했다. 그러나 이번에는
시 외우기가 아니고 주사위 굴리기로 놀이를 했다. 칠성이는
이 방법이 훨씬 쉽다는 걸 알았다. 우리는 모두 벼슬아치가
되었고, 계속 진급해서 놀이는 삼십 분 만에 끝났다. 내기마다
동전을 걸고 했다. 아버지는 이런 방법으로 놀이하는 것을
마땅찮게 여기셨다. 하지만 나중에는 각 관리의 지위와
권력이며, 실제로 어떻게 그런 지위를 얻을 수 있는지까지
재미있게 설명해 주셨다.

수암은 우리 도의 목사 직위에 관심을 가졌다. 지난해에
우리는 정삼품 외직 문관인 목사의 취임식을 구경한 적이
있었다. 이 위풍당당한 목사는 십여 리 밖에서부터 부하들의

환영을 받았다. 그는 앞으로 자신이 관리할 지역에 들어와서
첫 식사를 한 후, 말을 타고 고을로 들어왔다. 우리는 구월이와
함께 집 앞에 늘어선 군중들 틈에 끼여 있었다. 멀리에서 장엄한
음악이 들려왔고, 고을의 남문을 통해 기마 대열이 다가오는
것이 보였다. 처음에는 악대들이 둘씩 다섯 줄로 갈색 말을 타고
들어오고, 이어서 색색 비단옷을 입은 처녀 사십 명이 말에 앉아
그 뒤를 따르고, 열 쌍의 고관이 으리으리한 검은 관복을 입고
그 뒤를 따랐다. 이들은 당시 스물세 고을로 나뉘어 있던 우리

도의 현감들이었다. 그다음에 멋지게 생긴 두 청년의 호위를
받으면서, 목사가 말을 타고 지나갔다. 그가 탄 말은 그의
머리처럼 희었다. 그는 머리에 갓을 썼는데, 갓에는 눈처럼
하얀 깃털이 나부꼈다. 그리고 호박 갓끈이 턱 아래에 묶여
있었다. 수많은 관속들이 목사를 뒤따랐다. 어린 수암은 이
위대한 목사를 보고 굉장히 감동했다.

수암과 달리 나는 어사에게 더 관심이 갔다. 어사는 온 나라를
돌아다니면서, 관리들이 부정을 저지르고 있지 않은지,
수령들이 자기 임무를 다하고 있는지 살피는 사람이었다.
어사는 임금에게 보고해서 고관들을 파면시킬 수도, 말단
관리를 승진시킬 수도 있었다. 물론 어사는 자기의 신분을
감추기 위해, 대개 거지로 가장하고 온 나라 안을 떠돌아다녔다.

우리는 그동안 수없이 많은 어사 이야기를 들었다. 가난한
집에 돈과 쌀을 갖다 주고, 죄 없는 죄수들을 석방시켜 주었다는
그런 이야기들이었다. 나는 거지처럼 초라해 보이지만 수백
명이나 되는 비밀 나졸들을 거느리고, 그 권력이 비길 데 없이
강한 그런 어사가 되고 싶었다. 놀이를 할 때 내가 어사가 되어
주사위로 여섯 점을 얻으면, 다른 사람들이 여섯 점을 얻지
못하는 한 나는 다른 모든 관리들을 추방할 수 있었다.
그동안에 나는 진급을 계속하여 판서로서 후임자를 기다릴 수
있었다. 그러면 더 이상 경쟁자를 두려워할 필요가 없었다.

그러나 자꾸 추방되어야 하는 운수 나쁜 사람은 무척
속상해했다. 수암은 자주 추방되었고 그럴 때마다 화를 냈다.

특히 칠성이에게 추방당하면 더욱더 화를 냈다. 이 분노는 점차 개인적인 것으로 악화되어, 우리는 거의 매일 밤 기분이 상한 채 잠자리에 들었다. 수암은 계속 지는 바람에, 설날에 세뱃돈으로 모았던 전 재산을 몽땅 다 잃었다. 나도 잃었다. 칠성이가 다 땄다.

　나의 두 사촌, 수암과 칠성은 한 번도 잘 지내지 못했다. 한 사람은 너무 열정적이고, 다른 한 사람은 너무 조용했다. 수암은 항상 칠성이를 모범생이라고 빈정댔다. 그런 데다 칠성이는 늘 너무 깔끔했다. 몇 달을 입어도 그의 옷은 늘 새 옷 같았다. 반면에 수암의 옷은 사흘만 지나면 더러워졌다. 그러다 보니 칠성이는 우리에게 눈엣가시가 되었다. 오랫동안 짙은 먹구름이 감돌고 있어서, 작은 불꽃만 일어도 심한 번개가 칠 것 같았다. 그런 마당에 이 놀이는 아주 안성맞춤이었다. 결국 방학이 끝날 무렵에 나도 돈을 다 잃었다. 나는 내 마지막 동전을 걸었다. 마침 아버지는 집에 안 계셨다. 칠성이가 나를 추방했다. 나는 되돌아와 다시 추방되었고, 또다시 돌아왔다. 수암은 이미 돈을 다 잃고, 우리가 노는 걸 보고 있었다. 칠성이는 나를 다시 한번 추방하려고 주사위를 높이 던졌다. 그러나 그 주사위가 떨어지기도 전에, 수암이 칠성이에게 덤벼들어 머리통을 잡고 늘어졌다. 둘은 이쪽 구석에서 저쪽 구석으로 뒹굴었다. 나는 수암을 거들었다. 모범생이 코피를 흘리고 저고리가 찢긴 것을 보니, 정말 속이 시원했다.

　이것으로 우리의 공동 생활도 끝났다.

곧 판결이 내려졌으나, 그 판결은 공정치 못했다. 내 생각엔 칠성이가 제일 무거운 벌을 받아야 할 것 같았다. 그가 돈을 전부 땄고, 그것 때문에 싸움이 벌어졌기 때문이었다. 그리고 수암이 칠성이를 몹시 때렸으므로, 두 번째로 심한 벌을 받아야 한다고 생각했다. 그러나 결과는 정반대였다. 칠성이는 무죄로 어떤 벌도 받지 않고 아버지의 방을 나왔다. 수암은 아버지에게 종아리 석 대를 맞았으나 울지 않았다.

"자, 이젠 네 차례다!"

아버지가 말씀하셨다. 그러나 나는 바지를 걷어 올리지 않았다. 칠성이는 무죄고, 우리 둘만 맞아야 한다는 것을 도무지 이해할 수 없었기 때문이었다.

그런데 수암이 내 옆구리를 꾹 찌르면서 어서 바지를 걷어 올리라고 눈치를 주었다. 내가 머뭇거리며 바지를 걷어 올리자 아버지가 종아리를 때리셨다. 나는 반항을 해 보았지만 아무런 소용이 없었다. 아버지가 나를 단단히 붙잡았기 때문에 도저히 빠져나갈 수가 없었다. 세 차례나 맞은 후, 나는 돌아서서 칠성이도 매를 맞아야 하지 않느냐고 말했다. 그러자 아버지는 나를 한 대 더 때리셨다. 이번에는 정강이뼈에 맞았기 때문에 몹시 아팠다. 나는 그만 울음을 터뜨리고 말았다. 수암은 그사이에 아버지의 손에서 매를 빼앗으려 하다가, 도리어 엉덩이에 호되게 매를 맞고 낑낑거리면서 물러났다. 나는 계속 매를 맞았다. 적어도 열 대는 더 맞았을 것이다. 그러고 난 후 아버지가 말씀하셨다.

"이제 됐다."

그러나 나는 물러나지 않았다.

"더 때려요!"

나는 반항적으로 말했다.

"뭐라고!"

아버지는 소리치면서 다시 나에게 매질을 하셨다. 그러자 수암이 다시 뛰어들어서 옥신각신하다가 아버지 손에서 매를 빼앗아 달아나 버렸다. 나는 방에서 강제로 내쫓겼다.

"자, 이젠 마음대로 가거라, 이 고집불통 녀석아!"

두 어머니

봄에 칠성이는 자기 어머니와 함께 우리 집을 떠났다. 그들은
근처의 작은 집으로 이사했다. 칠성이의 어머니가 살림을
넓히려고 그랬는지, 아니면 우리가 싸운 것 때문에 한 지붕 아래
더 이상 같이 살 수 없어서 그랬는지, 나는 알지 못했다. 어쨌든
간에 이렇게 떨어진 것은 잘된 일이었다. 우리는 다시 만났을
때, 더 이상 싸우지 않았다. 수암과 나는 우리보다 나이 많은
사촌을 패 준 것을 후회하고 있었다. 그는 정말 깔끔했지만,
그것은 그의 잘못이 아니었다.

그리고 나서 얼마 후, 아주 먼 지방에서 웬 할머니가 우리
집을 찾아오셨다. 정말로 흔치 않은 귀한 손님이었다. 할머니는
어린 나를 자기 아들이라고 부르셨다. 어머니는 나에게 그
할머니를 '어머니'라 부르도록 하셨다. 할머니가 나를 낳으신

것은 아니지만, 어머니가 아들을 낳게 해 달라고 비셨고, 그렇게 해서 실제로 내가 세상에 태어났다는 것이었다. 말하자면 할머니는 아이 낳기를 원하는 부인들을 위해서 대신 빌어 주는 '대원 어머니'였다. 할머니는 예언서와 알록달록한 부채를 들고 이 집 저 집 돌아다니며 미래를 알려 주는 점쟁이나, 소리와 춤으로 귀신을 불러들이는 무당과는 달랐다. 할머니는 훨씬 품위 있는 사람이었고, 저속한 일에는 관여하시지 않았다. 할머니는 오로지 부처와 보살의 이름으로 옥황상제께 비셨다. 어머니는 이 할머니에 관한 얘기를 듣자마자, 먼 길을 마다하지 않고 찾아가 할머니에게 빌어 달라고 부탁했다고 했다. 어머니는 아들을 못 낳고 늙을까 봐 무척 걱정하셨다고 했다. 그러자 할머니는 우리 집에 묵으면서 사십구 일 동안 미륵불에게 기도를 올리셨고, 그래서 내 이름을 미륵으로 지었다는 것이다.

할머니가 오시고 며칠 뒤, 어느 날 저녁에 나는 두 어머니를 따라 숲속으로 갔다. 거기에서 우리는 미륵 불상 앞에서 감사의 불공을 드릴 참이었다. 우리 고을에서 멀리 떨어진 깊은 산골짜기에 사람 키만 하게 돌로 만든 미륵 불상이 있는 작은 암자가 있었다. 대원 어머니는 근처에 있는 마을에서 열쇠를 가져와서 암자의 문을 열고 촛불을 켰다. 그사이에 날이 이미 저물었다. 나는 겁을 먹은 채 두 어머니 사이에 서서 촛불에 비쳐 훤히 빛나는 불상을 우러러보았다. 불상은 고요하고

평화로워 보였다. 미륵불은 눈을 내리뜨고 있었다. 귀는 놀랄 만큼 길쭉했다. 두 팔은 몸에 꼭 붙어 있었고, 두 손은 깍지를 끼고 있었다. 두 다리는 서로 꼭 붙어 곧게 발까지 한결같은 굵기로 뻗어 있어서, 단지 서로 나뉘어 있다는 표시가 날 뿐이었다.

대원 어머니는 불상 앞에서 세 번 접은 종이에 불을 붙이고 기도를 드리셨다. 나는 대원 어머니가 중얼거리는 말을 다 알아들을 수 없었다. 나를 이 세상에 태어나게 해 주신 성자가 어두운 숲속에서 하얗게 빛나고 있는 모습에 나는 너무나도 감동을 받았기 때문이었다. 기도 뒤에 다시 작은 암자 문을 걸고 집에 돌아왔을 때, 나는 나를 이 세상에 있도록 빌어 주신 대원 어머니에게 무한한 감사의 정을 느꼈다. 대원 어머니의 기도가 없었더라면, 나는 어딘지 모를 다른 곳에서 태어났을 것이며, 수암과 구월이 그리고 누이들도 모르고 자랐을 것이었다. 나는 대원 어머니의 손을 더욱 굳게 잡았고, 대원 어머니는 가끔 나를 "아들아, 귀여운 내 아들아!" 하고 부르셨다.

대원 어머니는 나에게 자주 선물을 갖다 주셨다. 문안으로 들어갈 때마다 내게 갖고 싶은 게 없냐고 물으셨고, 나는 원하는 것을 모두 받을 수 있었다. 한번은 큼직한 거북을 사다가 주셨는데, 나는 정말로 기뻤다. 나는 이제까지 한 번도 그런 거북을 본 일이 없었다. 거북의 등은 마치 아름답게 조각된 먹통 같았고, 배에는 선명하게 '임금 왕' 자가 새겨져 있어서 경외의 마음까지 들었다.

나는 잘 길들여진 작고 귀여운 다람쥐를 기르고 있었다.
그 다람쥐는 내가 저녁때 서당에서 돌아오면 내 얼굴과 목에
뛰어오르기도 하고, 내가 땅콩이나 밤을 줄 때까지 내 팔에서
뛰어놀기도 했다. 나는 대원 어머니에게 다람쥐 이야기를
모두 했고, 다람쥐가 달아났다고 하소연했다. 그랬더니
대원 어머니는 다람쥐 대신에 거북을 사다 주셨던 것이다.

나는 가끔 거북의 등을 조심스럽게 만졌다. 그것말고 거북과
다른 장난을 칠 수는 없었다. 거북은 다람쥐와 전혀 달랐다.
뛰지도 않고, 소리 지르지도 않고, 느릿느릿 마룻바닥을
돌아다니다가는 오랫동안 한자리에 머물러 있곤 했다.
거북은 아주 의젓하고 당당해 보였으며, 깊은 생각을 하고
있는 듯했다. 거북은 인간의 운명에 대해서 깊이 생각하며
행복과 불행을 미리 알려 줄 수 있다고, 대원 어머니가 설명해
주셨다. 그걸 알아보려면, 등이 수평이 되도록 구부려야 했다.
그리고는 거북을 등에 올려놓고 기어 내려올 때까지 기다려야
했다. 거북이 오른쪽으로 기어 내려오면 행운을 뜻하고,
왼쪽으로 기어 내려오면 불행을 뜻했다. 수암과 나는 아침마다
한 번씩 땅에 엎드려서, 거북이 오래 생각한 뒤에 기어 내려올
때까지 기다렸다. 거북이 왼쪽으로 기어 내려와도, 나는 그다지
무섭지 않았다. 수암은 내게 거북이 언제나 오른쪽으로 기어
내려가도록 왼쪽 어깨를 약간 높이라고 알려 주었다. 우리는
운명을 알아본 다음에야 거북을 풀어 주었다. 그러면 거북은

안뜰로 우물뜰로 이리저리 돌아다녔다. 거북은 우리가 넉넉하게
마련해 주는 오이나 참외만 먹고 살았다. 그러나 남쪽 나라에는
해 뜨기 전 그들의 입술에 맺히는 이슬만 먹고 사는 희귀한
거북이 있다는 말을 들었다.

　다시 한여름이 되었다. 대원 어머니는 우리 집을 떠나셨다.
날씨가 너무 무더워서 오전에만 서당 수업을 했다. 오후에는
냇가에 가서 실컷 멱을 감고 놀았다. 우리는 이제 제법 헤엄을
잘 쳐서 물속 사오 미터 깊이까지 들어갈 수 있었다. 그렇게
깊어도 물이 수정처럼 맑아서 바위와 모래가 있는 바닥이
연녹색으로 비치었다. 우리는 개구리처럼 헤엄치기도 하고,
바닥까지 잠수도 하고, 흐르는 물에 몸을 맡기고 누워서
이리저리 떠다니기도 했다. 바위 위에 누워서 눈을 감고
물소리에 귀를 기울이는 것도 좋았다.
　수암과 나는 냇가에 갈 때마다 거북을 데리고 가서, 거북이
마음대로 헤엄치게 풀어 두었다. 우리는 오고 가는 길에는
거북이 뜨거운 햇볕을 쬐지 않도록, 거북을 큼직한 호박잎으로
감싸 주었다. 딱 한 번 거북을 데리고 가는 것을 잊었는데, 바로
그날 그 불행한 일이 일어났다. 혼자 남아 있던 거북은 물에
들어가고 싶어서 그랬는지, 어디론가 사라지고 말았다. 저녁때
돌아와서 먹이를 주려고 거북을 찾아보았으나, 어디에도 보이지
않았다. 우리는 온 집 안을 샅샅이 찾았다. 그러자 모두가
우리를 도왔다. 노을이 지고 점점 어두워졌다. 하얀 박꽃이

빛나고, 박쥐가 공중에서 찍찍거리며 날아다녔다. 그러나 거북은 나타나지 않았다. 모두들 촛불이나 호롱불을 들고 방과 곳간과 뜰의 도랑까지 구석구석 찾았다. 마침내 구월이가 솥에서 거북을 찾아냈다. 땅 위에 거북을 올려놓았지만, 전혀 움직이지 않았다. 죽은 것이었다.

　다음 날 수암은 뒤뜰에 삽으로 작은 언덕을 만들었고, 우리는 거기에다 거북을 묻었다. 그 당시 우리나라에는 평지에 무덤이 없었다. 집집마다 산을 갖고 있어서 그곳에다 가족 묘지를 만들었다. 그래서 우리도 작은 산을 만들어 거기에다 거북을 묻을 생각이었다. 수암은 오후 내내 언덕이 일 미터쯤 될 때까지 흙을 퍼 올렸다. 나는 굵은 나뭇가지 두 개와 짚으로 거북을 무덤까지 들고 갈 들것을 만들었다. 하루 종일 거북은 꼼짝 않고 누워 있었다. 우리는 산신령과 죽은 동무에게 술 대신에 물 한 잔을 바쳐 거북의 넋이 편히 쉬기를 빌었다. 그리고 해가 질 때 거북을 묻었다. 무덤이 다 만들어졌을 때, 우리는 정말로 슬펐다.

　거북은 장수하는 동물이라 수천 년을 산다고 들었다. 그렇게 신비한 동물이 우리 집에서 죽다니, 틀림없이 뭔가 불길한 일이 일어날 것만 같았다.

아버지

그 몇 달 뒤에 아버지가 병환이 나셨다. 아버지는 여행
중이었는데, 떠난 지 며칠 후 갑자기 돌아오셨다. 그러자 온
집안은 야단법석이 났다. 아버지가 어디가 편찮으신지, 나는
알지 못했다. 아버지는 꼼짝도 하지 않고 방에 누워만 계셨다.
그러고는 눈을 감은 채 아무 말도 하지 않으셨다. 어머니와
할머니, 숙모가 아버지를 둘러싸고 앉아 계셨다. 여러 의원이
다녀갔으나 아무도 아버지의 병을 고치지 못했다. 그날 밤부터
다음 날 오전까지 아버지는 그렇게 누워만 계셨다. 그러나
어머니가 약을 권할 때 알아차리는 것을 보니, 주무시는 것은
아니었다. 오후가 되자, 아버지가 회생하리라는 희망은
사라지고 말았다. 어머니가 기절하셔서 안방으로 옮겨졌다.
온 집안이 쥐 죽은 듯이 고요했다. 여자들은 모두 아버지 방에

모였고, 남자들은 모두 방 앞에 있는 마루에 모여 있었다. 어느 누구도 말 한 마디 하지 않았다. 숙모만이 더 이상 약을 삼키시지 못하는 아버지에게 약을 떠 넣으려고 애를 쓰고 계셨다.

　어머니는 안방에 누워 계셨다. 어머니는 다시 정신이 들었으나 아무 말도 하지 않고, 다만 내 손을 꼭 잡으실 따름이었다. 할머니가 방 안에 들어오시자 어머니는,

　"이젠 모든 게 다 끝났어요, 어머니!"

하고 말씀하셨다.

　할머니는 어머니의 말을 듣지 않으셨다. 그때 둘째 누나 어진이가 들어와서, 오늘 아침 사람을 시켜 모셔 온 새 의원이 방금 도착했다고 말했다. 수암과 나는 서둘러 아버지의 방으로 달려갔다.

    그 의원은 사람들이 많이 찾는 유명한 의원이었다. 그는
몇 주일 전부터 환자를 치료하기 위해 우리 고을에 머무르고
있다가, 다시 자기 집으로 돌아가려던 참이었다. 우리 집
심부름꾼이 끈질기게 설득하여 그 의원을 모시고 온 것이었다.
의원은 잠시 아버지를 살펴보더니 숙모에게 이렇게 말했다.
    "너무 늦었습니다. 저는 손을 쓸 수가 없을 것 같습니다."
    "제발 한 번만 봐 주세요!"
    숙모는 의원에게 애원하셨다. 그러는 숙모의 얼굴은
아버지보다 더 창백했다. 숙모는 낯선 의원의 소매를 붙잡고
그가 방에서 나가지 못하도록 매달리셨다.

"원하시는 건 뭐든지 다 드리겠습니다."

의원은 다시 앉아서 아버지의 맥과 심장 그리고 전신을 살피며 진맥을 하였다.

"좋습니다, 할 수 있는 데까지 해 보겠습니다. 그러나 잘 안 돼도, 나를 책망하지 마십시오."

그는 주머니에서 길쭉한 통을 꺼내더니 그 속에서 긴 침을 하나 뽑아 들었다. 그 침으로 처음에는 아버지의 윗입술을, 그다음에는 아랫입술을 차례로 찔렀다. 그런 다음에 갈비뼈 밑 위장 부근에 침을 모두 깊숙이 박고, 잠깐 동안 그대로 꽂아 두었다가 다시 천천히 뽑았다.

"만약에 환자가 살아날 것이라면, 오늘 저녁 안으로 어떤 기미가 보일 것입니다."

그는 이렇게 말하고 방에서 나갔다.

저녁이 되자 온 집안에는 다시금 희망이 솟았다. 아버지의 병환이 더 나빠지지는 않을 것 같은 좋은 징조가 벌써 보였기 때문이었다. 아버지는 오전처럼 조용히 누워 계셨다. 날이 어두워졌을 때, 아버지의 양손이 움직여서 서로 맞닿았다. 우리는 정신을 바짝 차리고 아버지의 움직임을 하나하나 지켜보았다. 숙모가 아버지의 손과 팔을 쓸어 주셨다. 그때 갑자기 아버지가 눈을 뜨고 주위를 두리번거리셨다. 방 안에서 깊은 한숨이 터져 나왔다. 아버지가 다시 눈을 감고 왼쪽으로 돌아누우셨기 때문에, 우리는 아버지의 얼굴을 더 이상 볼 수 없었다. 아버지는 곧 잠이 들었고, 건강한 사람처럼 숨을 쉬셨다.

"살아나셨구나!"

숙모는 이렇게 말하고 그만 울음을 터뜨리셨다. 숙모는
일어날 기운조차 없어서 다른 사람들이 부축하여 숙모 방으로
모시고 갔다.

어머니가 이 소식을 전해 듣고 아버지 방으로 오셨다. 그러나
어머니는 아버지의 병세가 나아졌다는 것을 믿지 못하시는 것
같았다. 어머니는 여전히 온몸을 떨고 계셨는데 마치 시체처럼
보였다. 어머니는 어느 정도 진정되자, 우리 모두를 방에서
내보내셨다. 그리고 부엌일이며 의원에게 갈 일을 지시하셨다.
수암과 나는 잠자리로 가야 했고, 우리는 곧 잠이 들었다.

내가 한밤중에 깨어나 아버지 방으로 달려갔을 때, 아버지는
일어나서 어머니와 이야기를 나누고 계셨다. 나는 아버지에게
뛰어갔다. 아버지는 어머니가 나를 끌어낼 때까지 무릎에 앉혀
주셨다. 나는 아버지가 정말로 살아 계신가를 확인하려고
아버지를 보고 또 보았다. 나는 아버지의 이부자리 곁에
누웠다가 다시 잠이 들었다. 부모님은 이 기적을 낳은 의원에
대해서 나직이 이야기를 나누셨다.

이 의원은 대단했다. 그는 정말로 기적을 낳는 의원이었다.
나중에 들었지만, 그는 우리 고을뿐만 아니라 나라 안의 많은
사람들의 생명을 구했다고 했다. 한번은 의원의 고향에서 있던
일인데, 방금 무덤에 데려간 사람의 생명을 다시 돌아오게 한
일도 있다고 했다. 그런데 그는 너무나 많은 돈을 요구해서,

가난한 사람은 그에게 왕진을 청할 수 없었다. 그는 이러한 그릇됨으로 인해 목숨을 잃고 말았다. 어느 날 그가 돈이 많은 환자를 치료하고 집으로 돌아가던 중에, 큰 바위가 그에게 굴러떨어졌다. 사람들은 그가 성벽 아래에 깔려 죽은 것을 발견했다. 누가 범인인지 아무도 몰랐다. 사람들은 그의 무거운 돈자루가 바윗덩이로 변해 버렸다고 말했다.

아버지는 차츰차츰 회복되셨다. 가을과 겨울 내내 무척 조심스럽게 보양을 받으셨다. 중풍을 무릅쓰고 그동안 쭉 해 왔던 모든 일을 이제는 그만두셔야 했다. 아버지는 집 안과 바깥 세계 사이에 뚜렷하게 선을 그으셨다. 모든 사교적인 모임은 중단되었고, 아버지와 아주 가까운 친구들만 집으로 찾아왔다. 처음에는 의원의 요청과 가족의 권유에 따른 것이었지만, 점차 아버지 스스로 더 많이 쉬어야 한다는 사실을 느끼셨던 것이었다. 아버지는 하나씩 하나씩 주변을 정리해 가셨다. 마침내는 집안일도 정리하셨다. 서당이 문을 닫았다. 아이들은 다시 만날 기약도 없이 모두 집으로 돌아갔다. 바깥뜰은 다시 조용해졌다. 젊은 서기인 순필이와 늙은 하인인 방 노인과 마름인 순옥이만이 여전히 머무르고 있었다.

그 뒤에 대대적인 가족 회의가 열렸다. 수암을 어떻게 할 것인가? 모두들 수암이 한문을 더 익히기 위해서, 계속 서당에 다녀야 한다고 결정했다. 수암은 한학을 잘 가르치는 서당이 있는 마을로 자기 어머니와 함께 이사 가게 되었다. 숙모는

거기서 지금껏 아버지가 직접 관리하던 아버지 소유의 토지를
맡아서 경영하시게 되었다. 그래서 우리 둘은 유년 시절을 함께
보낸 이래 처음으로 정말 이별을 해야 했다. 나는 우리 고을에서
한 시간 넘게 걸어가는 거리인 용당포 항만까지 수암을
바래다주었다. 거기서부터 그는 배를 타고 바위투성이인 깊은
해협을 지나 건너편 바닷가로 가야 했다. 배가 돛을 올리고
출렁거리는 푸른 파도 위에서 멀어져 가는 동안, 수암은
어머니와 둘째 누나 사이에 앉아서 겁먹은 표정으로 우리 쪽을
바라보고 있었다.

　이렇게 살림이 축소된 다음에야, 우리의 생활은 제대로
자리를 잡아 갔다. 그러나 아버지 자신에게는 큰 변화가
일어나고 있었다. 아버지가 불교 문학과 염불을 집안에
들여오기 시작한 것이었다. 이제 아버지는 저녁마다 염불로
시간을 보내셨다. 비가 오고, 바람이 불고, 손님이 찾아오고,
집안에 일이 생겨도 아버지는 염불을 게을리하지 않으셨다.
염불을 산스크리트어로 했기 때문에, 나는 한 마디도 알아들을
수 없었다. 다만 그 모든 말들이 아버지의 미래의 삶에 관한
것이라고 짐작할 따름이었다.

　어머니는 이전부터 진심으로 불교를 믿고 있었기 때문에
이런 변화를 기뻐하셨다. 여름이 되자, 어머니는 아버지에게
신광사에 가서 불공을 드리자고 하셨다. 어머니는 또한 이 절의
스님을 집에 모셔 와서 여러 가지 의식이며 제사에 관해
상의하기로 하셨다. 그러나 이 계획은 다음 해 여름으로

미루어졌다. 나는 몹시 아쉬웠다.

　우리 고을은 산으로 둘러싸여 있고, 산에는 수없이 많은 크고 작은 절이 있었지만, 나는 아직 한 번도 절을 구경해 보지 못했다. 우리는 지금까지 부처님께 치성을 드린 일도 없고, 또 절에 가서 크게 불공을 드린 적도 없었다. 우리 집에 자주 찾아와 대문 앞에서 염불을 외는 시주승은 사람들을 불도로 이끄는 데 그다지 도움이 되지 못했다. 우리 고을에서는 일 년에 단 한 번, 부처님이 십구 년 동안 명상한 뒤 다시 목욕을 하고 설법을 시작했다는 4월 초파일에만 불교 의식이 거행되었다. 그때는 큰길가에 있는 집 높이의 서너 배가 넘는 모든 나무를 온갖 빛깔의 천으로 친친 감아 장식했다. 나뭇가지에 묶인 갖가지 화려한 끈들이 지붕과 땅에 드리워졌다. 저녁에는 이 끈들에 초롱불을 매달아 놓아서, 마치 수백만 송이의 빛나는 꽃으로 뒤덮인 듯했다.

　나는 절을 꼭 한 번 구경하고 싶었다. 특히 부모님이 전부터 말씀하셨던 신광사를 가 보고 싶었다. 그래서 어느 화창한 날 아침에, 나는 신광사로 소풍 가는 두 친구를 별 생각 없이 따라갔다. 아침 산책을 마치고 집에 돌아오는 길에, 마침 서문 안에서 옛 서당 친구들을 만났다. 내가 어디 가느냐고 물었더니, 그들은 신광사에 간다고 짧게 말했다. '신광사'란 말을 들었을 때 내 가슴은 울렁거렸고, 친구들이 같이 가자고 하자 망설이지 않고 따라갔다.

　나는 씩씩하게 걸었고, 닥쳐올 일에 대해서 전혀 걱정하지 않았다. 소풍이 어찌나 즐거웠는지! 우리는 빨리 고을을 벗어나서, 수많은 산골짜기를 지나 산속 깊이 들어갔다. 마침내 우리는 완전히 산에 둘러싸이게 되었다. 햇볕이 따갑게 내리쬐었고, 우리는 땀을 뻘뻘 흘렸다. 그렇지만 우리는 지치지 않고 계속 산길을 걸었다. 드디어 저 멀리에 숲으로 둘러싸인 마당이 보였다. 신광사의 회색 지붕이 나뭇잎 사이로 언뜻언뜻 보였다.

그곳에 도착하고서야 비로소 나무들의 그림자가 땅 위에 길게 깔리고 해가 서쪽으로 한참 기운 것을 알고 나는 크게 놀랐다. 나는 다른 아이들에게 너무 늦어지지 않도록 곧장 집으로 돌아가자고 했다. 아이들은 날이 너무 저물었으니까 오늘 밤은 절에서 자야겠다고 했다. 나는 그럴 수가 없었다. 부모님이 내가 어디 있는지 모르시기 때문이었다. 내가 집으로 돌아가자고 고집했지만 소용없었다. 아이들은 우선 절을 구경하려고 했다. 우리가 말다툼하는 동안에 해는 더욱더 기울었다. 우리를 맞아 준 젊은 스님이 이 밤중에 위험한 길을 돌아간다는 것은 당치 않은 일이라고 말했다. 나는 집으로 돌아가는 것을 단념하고, 생전 처음으로 걱정스러운 밤을 이 산속에서 보냈다.

나는 불상들이 즐비하게 늘어서 있는 화려한 불당들을 거의 보지 않고, 스님이 설명하는 것도 듣지 않고, 스님들이 가져다준 음식을 입에 대지도 않았다. 나는 우리 고을이 있는 산 너머만 바라보았다. 어디에도 내 눈에 익숙한 넓은 계곡과 바다는 보이지 않았다. 오로지 험준한 산봉우리가 사방으로 둘러싸여 있고, 절에서 치는 저녁 종소리가 쓸쓸하게 계곡으로 울려 퍼졌다. 누런 장삼을 걸친 스님이 저녁 염불을 외러 마당에 들어섰다. 손에는 염주를 감아 드리우고 있었다. 대웅전 제단 앞에 있는 수천 개의 촛불 빛이 환하게 흘러나왔다. 여기서는 스님과 죽은 사람의 가족들이 죽은 사람의 혼을 위해서 불공을 올리고 있었다. 잠시 쉬느라 중단된 염불과 불공은 밤을 새우고 아침이 밝아 올 때까지 계속되었다. 그다음에 불공을 드린 사람들이 넓은 뜰로 나왔고, 승복을 입은 백 명이 넘는 스님들과 상복을 입은 여인들이 원을 그리며 천천히 절 마당을 돌았다. 여인들은 모두 두 손에 죽은 영혼의 거처로 보이는 원통 모양의 나무판을 들고 있었다. 마당 한가운데에서 신성한 장작불이 타올라 어둠을 밝혔다. 엄숙한 염불 소리에 섞여 둔탁한 목탁 소리가 울렸고, 스님들은 합창을 하듯 작별의 염불과 나무아미타불을 외웠다. 이제야 죽은 사람의 영혼은 이 땅을 떠나 다른 세상으로 가는 것이었다. 목탁의 박자와 운율이 있는 염불에 도취되어, 우리 셋은 조용히 여인들의 뒤를 따랐다. 우리는 쉬지 않고 원을 따라 돌았다. 어느새 아침이 환히 밝았다. 사람들의 얼굴이 점점 뚜렷하게 보였고, 산속이 밝아졌다. 염불이 점점 더 열광적으로 되고, 원을 따라 도는 것도 점점 더 빨라졌다. 이제 붉은 해가 동녘 산 위로 치솟자, 햇빛이 내리비치기 시작했다. 스님들이 염불을 외는 동안, 여인들이 한 사람씩 불 앞으로 다가와서 영혼의 원통을 불 속에

던졌다. 이것이 영혼과의 마지막 작별이었기 때문에, 여인들은
모두 통곡을 했다. 우리도 덩달아 흐느껴 울었다. 목탁이
둔탁하고 구슬프게 울렸고, 스님들은 끊임없이
나무아미타불을 외웠다.

이날 밤의 감격을 깊이 간직한 채, 우리는 산과 작별을 하고
집으로 돌아왔다.
집에 돌아와서 나는 모든 꾸지람과 벌을 아무 반항도 하지
않고 기꺼이 받았다. 이 종교적 체험은 이상스럽게 나를
감동시켰고, 나는 전보다 어른이 된 듯한 기분이 들었다.
아버지는 나를 곧 용서해 주었고, 내가 경험한 것을 모두 말해
보라고 하셨다. 아버지는 기뻐하는 것 같았으며, 그날부터
저녁마다 아버지가 외는 염불의 한 대목을 같이 외는 것을
허락하셨다. 염불을 마친 후 아버지는 양자강 유역의 골짜기에
있는 수많은 크고 작은 절과, 그곳을 찾은 유명한 시인들이
부른 노래에 관해 이야기해 주셨다.
그즈음 나는 '당시선'을 읽고 있었다. 그러나 역사와 시를
책으로 읽는 것보다, 아버지에게서 당나라 때의 설화와 전설,
일화 등을 듣는 게 더 재미있었다. 그 당시에는 불행한 시인들이
많았고, 버림받은 이들도 많아서 사랑하는 이를 기다리다 못해
강물에 뛰어들어 죽음을 택한 이야기도 많았다. 쓸쓸한 계곡에
있는 바위와 나뭇잎에서는 서글픈 곡조가 울렸고, 동정호 위의
저녁 노을에는 슬픈 이별가가 떠돌았다.

아름다운 달밤이면 아버지는 우물뜰에 있는 살구나무 아래에 자리를 마련하게 하셨다. 그다음에 아버지의 시적인 이야기는 끝날 줄 몰랐고, 가끔은 자작시를 읊기도 하셨다. 아버지의 근엄한 모습은 모두 사라졌다. 아버지는 좋은 운이 떠오르면 나와 장난까지 하셨다. 한번은 나에게 술을 한 잔 따라 주면서 마셔 보라고 하신 적도 있었다.

이런 일은 어머니가 우리 옆에 안 계시는 아름다운 달밤에만 가능했다. 만약 어머니가 옆에 있었더라면, 내가 아버지와 함께 술을 마시는 것을 허락하시지 않았을 것이다. 어머니는 술이라면 절대 반대하셨다. 그러나 아버지는 이 독한 술을 매우 좋아하셨다. 그 때문에 두 분 사이에는 종종 소소한 시비가 벌어졌다. 그러나 대개 어머니가 양보하고 저녁마다 아버지께 곡주를 한 병 가득히 가져다 드리곤 했다. 우리 부자가 같이 앉으면, 술잔 두 개와 쟁반 가득 과일이 담긴 술상이 나왔다. 어머니는 보통 밤이 깊어지고 술병이 빌 때까지 우리 옆에 계셨다. 그러나 그해 여름에는 밤에 마을 부인들의 독서회가 있었기 때문에 어머니가 우리 옆에 계시지 않았다.

텅 빈 서당의 지붕 위에 달이 떠올랐다. 구름 한 점 없는 하늘에 달이 환하게 빛났다. 두 뜰 사이에 있는 담이 짙은 그늘을 드리웠다. 사람은 그림자도 보이지 않았고, 인기척도 전혀 없었다. 이 큰 집에 움직이는 것은 아무것도 없었다. 내게는 그처럼 멋지게 이야기하시는 아버지의 웃는 얼굴에서 모든 생명과 의식이 빛나는 것처럼 보였다. 밤이 깊어지면

깊어질수록 아버지는 술잔을 더 기울이셨고, 이야기는 점점 더 생기를 띠었다. 수많은 시가 인용되고 읊어졌다. 아버지가 물으셨다.

"너, 위대한 시인 김삿갓에 대해 들어 본 적 있니?"

"아니요."

나는 새로운 이야기를 행복하게 기대하며 대답했다.

"그의 할아버지는 남도 어느 고을의 원님이었다. 당시 임금은 정치를 잘못해서 백성들로부터 존경을 받지 못했지. 그 남도의 원님은 세력이 막강해서 병사 삼만 명을 거느리고 있었는데, 모두 명포수들이었어. 그는 병사들과 함께 임금을 몰아내려고 서울로 진군해 들어갔던 거야. 세 개의 도가 이미 그에게 포섭되어 아무도 북진을 막지 않았단다. 그런데 그가 병사들을 거느리고 새로 빼앗은 고을에 입성하려 할 때, 한 남자가 길에서 그를 기다리고 있었단다. 그 남자는 무장도 하지 않고 무기도 없었어. 하지만 정복자의 말에 다가가서 말고삐를 잡았지."

아버지는 술잔을 보시더니 금세 다 비우셨다. 나는 잔을 다시 채우려 했으나, 병은 이미 비어 있었다.

"더 없느냐?"

아버지가 물으셨다.

그때 아버지는—내가 이렇게 말해도 좋을지 모르겠지만— 좀 슬픈 표정이셨다. 그래서 나도 우울해졌다.

"제가 더 가져오겠습니다."

나는 병을 들고 일어섰다. 아버지는 웃으면서 내 손을 잡고 말씀하셨다.

"넌 참 대담하구나. 어머니께 잘 청해 보아라. 아마 조금 더 줄 게다."

"술을 꼭 가져오겠습니다."

나는 대답했다.

그리고 병 하나 가득히 술을 가져와서 아버지께 따라 드렸다. 아버지는 무척 기뻐하셨다.

"그런데 그 상대방은 누구였습니까?"

나는 다시 여쭈어 보았다.

"그래, 네게 물어보려던 참이다. 그 대담한 사나이는 어떤 사람이었을까?"

나는 한참 동안 생각하다가 말했다.

"임금이 아닙니까?"

"그래! 임금이 몸소 나와서 무기도 없이 적을 맞았다면, 그야 물론 옳았겠지. 아마 다른 임금이라면 그렇게 했을 거야. 하지만 이 임금은 매우 겁쟁이였거든. 아니야, 임금이 아니라, 자기의 손자, 정복자 자신의 손자였어. 그가 바로 그 유명한 김삿갓이란다. 전혀 생각지 못했지? 그렇지만 분명 그의 손자였다는 거야. '남으로 회군하십시오.' 하고 그는 할아버지께 간청했지만, 할아버지는 '내 군관이 되면 너에게 병사 삼천 명을 주겠다.'고 했다는구나. '할 수 없습니다.' 하고, 손자는 '할아버님은 상감께 맹세한 충성을 깨뜨리셨습니다.

따라서 저도 할아버님께 복종할 수 없습니다.'라고 대답했다는
거야. 이 말만 하고 그는 할아버지의 진군을 더 이상 막지
않았지. 김삿갓은 임금에게 충성했어. 그렇지만 할아버지와도
적대적 관계를 맺지 않았어. 그는 거지 시인이 되어 버렸지."

　아버지가 이야기를 마치셨을 때 나는 말했다.

　"저 같으면 할아버지를 도왔을 텐데요."

　"아니다."

　아버지는 내게 말씀하셨다.

　"너는 아직 그걸 모른다. 임금께 충성을 맹세했으면, 결코
불충해서는 안 되는 것이다."

　"그렇지만 김삿갓은 할아버지께도 복종을 서약했으니, 그것
또한 거역하지 말아야지요."

　"물론이지."

　아버지는 나의 논리에 동의하면서 기뻐하셨다.

　"그렇기 때문에 그는 할아버지의 계획에 반대하지 않고,
시인이 되어 세상으로부터 등을 돌리고 만 것이지."

　"그렇더라도 저라면 할아버지를 도왔을 겁니다."
하고 나는 말했다.

　임금 때문에 자기 할아버지를 버려야 한다는 것을 나는
이해할 수 없었다. 아버지는,

　"아니, 이 고집쟁이 같으니라고!"
하고 소리치셨다.

　"아닙니다. 아버지는 그렇게 생각하시겠지만, 저는 아버지가

어른이라고 해서 저보다 그걸 더 잘 이해하시는지는
모르겠습니다."

"말 잘했다! 자, 똑똑한 우리 아들, 우리 같이 한 잔 마셔
볼까?"

아버지는 이렇게 말씀하신 후, 그냥 격식으로 놓아두었던
다른 빈 잔에 술을 따르셨다.

나는 아버지의 제안에 매우 놀랐다. 어머니가 늘 술에 대해
나쁘게 말씀하셨기 때문에, 지금까지 나는 술을 나쁜 것으로
여겨 왔다. 그러나 나는 술잔을 집어 들었다.

"자, 쭈욱 마셔라!"

나는 단숨에 잔을 비웠다. 그러나 금방 눈에서 눈물이
나왔다. 술이 너무 독했기 때문이었다. 아버지가 얼른 입에
대추를 하나 넣어 주시는 바람에 좀 괜찮아졌다.

"맛이 어떠냐?"

"좋아요!"

하고 대답했다.

"그래! 그럼 한 잔 더 마셔라."

나는 고개를 끄덕였다. 아무 말도 할 수 없었다. 가슴이 막
울렁거리고 목이 조이는 것 같았다. 나는 움직이지 않고 조용히
앉아 있으려고 애를 썼다. 그동안에 아버지는 김삿갓의 시를
한 수 한 수 읊으셨다.

두 번째 잔을 비웠을 때, 나는 손에 대추 두 개를 쥐고
있었다. 그러나 이번에는 좀 괜찮았다. 나는 기분이 좋아서

씩씩하게 대추를 씹었다. 그러나 조금 있으려니까 이상스럽게도 머리가 빙빙 도는 것 같았다. 그러나 나는 아무렇지도 않은 듯이 가만히 앉아 있었다.

이윽고 어머니가 돌아와서 곧 내가 예사롭지 않다는 것을 알아차리셨다.

"그럼. 벌써 두 잔이나 마셨는걸!"

아버지가 어머니에게 말씀하셨다.

어머니는 놀라 아무 말도 못 하셨다. 그러나 어머니의 눈빛은 그다지 노하지도 꾸짖는 것 같지도 않아 보였다. 오히려 좀 놀리시는 것 같았다.

"한 잔 더 마셔도 되나요?"

나는 아버지에게 여쭈었다.

"무슨 소리를 하는 거냐?"

어머니는 소리를 지르며 잔을 빼앗으셨다.

"너무 그러지 마시오."

아버지가 어머니에게 부탁하셨다.

"한두 잔 정도의 술은 해롭지 않아요. 내가 이렇게 외로운데 친구가 있어야 하지 않겠소."

"어쨌든 오늘뿐이에요!"

이렇게 말씀하시고 어머니는 잔을 채우셨다.

나는 의기양양하게 세 번째 잔을 비웠다. 어른이 된 것 같은 기분이 들었다. 이렇게 현명하시고 이토록 재미난 얘기를 할 줄 아는 아버지의 친구가 되다니!

"아버지, 시인에게 술이 얼마나 필요한지 어머니가 아시면 참 좋을 텐데요!"

"그래, 맞았어."

아버지가 말씀하셨다.

어머니는 옆에서 눈을 가늘게 뜨고 나를 바라보셨다. 어머니가 놀라시는 건지, 아니면 즐거워 웃고 계시는 건지, 나는 분간할 수가 없었다. 그러나 나는 상관없었다. 정말 상관없었다. 달빛은 너무도 밝았고, 살구꽃은 향기를 풍겼다. 나는 술상에 마주 앉아서 아버지의 친구가 된 것이었다.

신식 학교

신식 학교에 관한 이야기를 나는 이미 종종 들었고, 지난 가을부터는 부모님도 가끔 그 이야기를 하셨다. 몇 해 전에 세워진 이 낯선 학교는 우리 고을 북쪽 직물 거리 근처에 있는데, 번쩍이는 유리창이 많이 달려 있다고 했다. 이 학교에서 가르치는 것은 몹시 신기해 보였다. 거기에서는 한문 고전도, 서예나 시도 가르치지 않고, '대양의 서쪽' 또는 '유럽'이라는 곳에서 들어온 아주 새로운 학문을 가르친다고 했다. '대양의 서쪽' 또는 '유럽'이 실제로 지구의 어디에 있는지, 그 학문이 어떤 것인지, 아무도 정확히 몰랐다. 어떤 사람들은 이 학교에서 고등 산수와 어려운 의술을 가르친다고 말하고, 어떤 사람들은 심지어 지리학과 천문학을 가르친다고 말했다. 그러나 모두들 이 학교에서 한학을 가르치지 않기 때문에 아이들을 망쳐 놓지

않을까 걱정을 했다. 아버지는 이 학교에 관해서 훨씬 더 많이
알고, 좋은 점도 알고 계시는 것 같았다. 아버지는 어머니와
다른 가족들과 오랫동안 상의한 다음에, 나를 일 년 동안
그곳에서 교육시키기로 결정하셨다. 아버지는 내가 열한 살
나이로 읽을 만한 고전은 충분히 읽었다고 하셨다. 몇 달 전에

배운 '중용'과 '맹자'는 당분간 할 만했으나, 그다음에 배워야
할 책들은 내 나이에 너무 어렵다고 하셨다.

신식 학교에 가고 싶으냐고 부모님이 물으셨을 때, 나는 별로
내키지가 않았다. 나는 외아들이었기 때문에, 사람들 말대로
몹쓸 놈이 되고 싶지 않았다. 게다가 나는 한문 고전이며 한시
읽기를 좋아했기 때문이었다. 그러나 나는 아버지를 믿었기
때문에 용기 있게 대답했다.

"아버지가 원하신다면, 가 보겠습니다."

그리하여 맑지만 아직은 쌀쌀한 어느 봄날 아침에, 나는
아버지를 따라 시내로 갔다. 나는 제일 좋은 옷을 입었고,
어머니가 장만해 준 새 보자기에 점심을 싸서 들었다. 우리는
골목길을 빠져 큰길로 나섰다.

"아버지, 학교에서 천문학을 배운다는데 사실입니까?"

"사람들이 그렇게 말하더구나."

아버지가 대답해 주셨다.

"하늘에 관한 이야기가 나오거든 주의 깊게 들어 둬라.

천문학은 차원이 아주 높은 학문이란다.”

“제가 그걸 이해할 수 있을까요?”

아버지는 고개를 끄덕이셨다.

“언제나 정신을 똑바로 차려야 한다!”

아버지는 진지하게 충고하셨다.

우리는 종각 거리를 지나 옆길로 접어들어서, 곧 큰 건물의 문 앞에 섰다. 사람들의 입에 그토록 많이 오르내리던 바로 그 무서운 학교였다. 학교 이름이 대문 위에 새겨져 있었다. 교정을 들여다보았더니 엄청나게 크게 보였다.

“들어오너라.”

앞장서 가던 아버지가 말씀하셨다.

“좀 겁나니?”

내가 뒤따르기를 주저하자 아버지가 웃으며 물으셨다. 나는 천천히 문 안으로 들어섰다. 그런 다음에 다시 멈추어 서서 건물 여기저기를 살펴보고 있자, 아버지는 내 손을 잡고 어떤 방으로 들어가셨다. 한 노인이 나오자 아버지는 그분에게 절을 하라고 하셨다.

“이분이 학교 교장 선생님이시다.”

아버지가 웃으면서 말씀하셨다.

“항상 감사하게 생각하고, 말씀 잘 들어라.”

아버지가 교장 선생님과 이야기하시고 있는 동안, 나는 햇빛이 들지 않는 침침하고 작은 방으로 가서 송 선생님이라는 젊은 선생님에게 인도되었다. 나는 그에게도 허리 굽혀 절을

했다. 그는 나더러 앉으라고 했다. 나는 그의 자리 앞에 있는
의자에 앉아도 되느냐고 물었다. 나는 지금까지 바닥에 깔린
돗자리에만 앉았기 때문에 의자란 것을 몰랐다. 의자는 너무나
고상해 보였다. 송 선생님이 앉아도 된다고 해서, 나는
조심스럽게 의자에 앉았다.

"이제까지 무얼 배웠지?"

선생님이 물으셨다.

내가 한동안 입을 다물고 앉아 있자, 선생님은 계속
물으셨다.

"예를 들면, '통감'을 읽었니?"

나는 그렇다고 대답했다.

"네, 여덟 권까지요."

"그리고 또 무엇을 읽었지?"

나는 다시 잠자코 있었다. 그다음에 무엇을 읽었는지 금방
생각나지 않았다. 나는 너무나 당황했다.

"'사략'인가?"

선생님이 물으셨다.

나는 머리를 끄덕였다.

"'맹자'도?"

나는 다시 머리를 끄덕였다.

"그럼 '중용'도 벌써 읽었겠구나."

"네, 그것도 읽었습니다."

"참으로 많이 읽었구나!"

선생님은 책장에서 책 한 권을 꺼내 와서 내 앞에 펴 놓으셨다.

"이걸 한번 읽어 봐라!"

나는 읽었다.

"이것을 모두 이해할 수 있겠니?"

잠시 머뭇거리다가 나는 그렇다고 대답했다.

"이 말은 무엇을 의미하니?"

선생님은 '아메리카'라는 글자를 짚으면서 물으셨다.

"아마도 영국 근처에 있는 나라인 것 같습니다."

하고 나는 말했다. 나는 사람들이 유럽에 관해서 이야기할 때, 이 두 이름을 자주 언급하는 것을 들었다.

송 선생님은 한참 동안 생각하더니, 나를 2학년으로 배정해 주셨다.

아버지는 나를 한 번 더 보지도 않고 가 버리셨다. 교장실에는 아무도 없었다. 아버지는 나 자신에게 나의 운명을 맡겨 두셨던 것이었다.

첫날에는 하늘에 관해서 아무것도 배우지 않았다. 자연 시간에는 네 마리의 말이 서로 반대 방향으로 끄는 공에 대해 배웠다. 그리고 긴 유리관 속에 동전과 깃털을 한 쪽 끝에서 다른 쪽 끝으로 떨어뜨리며 관찰했다. 다음 한 시간은 산수를 배웠다. 그사이에 우리는 두 번씩이나 체조를 해야 했다. 저녁때쯤 우리는 다시 유리관을 관찰했다. 유리관을 눈앞에 대고 들여다보면, 그 속에 있는 모든 물건이 알록달록한 색으로 빛났다.

  해가 졌다. 우리 반 학생들은 교문 밖으로 몰려 나갔다. 그러나 나는 다시 송 선생님에게 불려 갔다. 거기서 교과서 두 권과 책가방과 연필 몇 자루와 석판을 받았다. 어떤 상인이 나를 위해서 가져온 것이라고 했다. 나는 책들을 보았다. 하나는 '동양사'라고 적혀 있었고, 다른 책은 '자연 법칙'이라고 적혀 있었다. 나는 책을 펴서 한 장씩 훑어보았다. 자연책에는 그림이 실려 있었다. 저울, 유리관, 돛을 단 배 몇 척과 유럽의 기선 등이었다. 그러나 오늘 배운 공은 없었다.

  송 선생님은 내게 시계가 있느냐고 물으셨다.

  "없습니다."

하고 나는 대답했다.

  "아버지는 갖고 계시겠지?"

  "아니요."

  "그거 안됐구나."

하고 선생님은 걱정스레 말씀하셨다.

  "새로운 시간 구분은 알고 있느냐?"

  "열두 시간 말입니까?"

  "맞았다. 그러나 열두 시간이 두 번이다. 오전과 오후에 각 열두 시간씩. 내일부터 아침 여덟 시에 학교에 와야 한다. 시계가 여덟 시를 칠 때, 오늘은 해가 남쪽 운동장 벽에 있었다. 하여튼 아침밥을 먹고 나서 곧장 학교로 와야 한다."

  나는 계속 자연책을 보고 있었다.

"이 책에는 공이 없는데요."

나는 한참 있다가 여쭈었다.

"어떤 공 말이냐?"

"말 네 마리가 끄는 공이오."

"그건 옥 선생님께 여쭤 보아라. 나는 역사만 가르친단다.
이제 그만 집으로 가거라. 날이 벌써 어두워져 부모님이
기다리실 거야."

아버지의 사랑방에는 집안의 남자들과 여자들 여럿이 모여
앉아 있었다. 어머니와 둘째 누나도 있었다. 모두들 내 책과
가방, 연필을 자세히 구경했다. 그동안에 나는 아버지의
진짓상에서 남은 것들을 먹었다.

사람들이 모두 자기 방으로 돌아가고 아버지와 내가
잠자리에 들었을 때, 아버지는 오늘 새롭게 배운 것이
무엇이냐고 물으셨다.

"여러 가지예요, 아버지."

"유럽에 관해서도 뭔가 배웠느냐?"

"네, 그런데 정말로 이상했어요."

"그래, 어떤 이야기였는지 들어 보자."

아버지는 성급히 말씀하셨다.

"잘 설명할 수가 없어요. 선생님이 말씀하시는 것을 주의
깊게 들었는데도, 제대로 이해할 수가 없었어요. 선생님은
말 네 마리가 공 하나를 서로 반대 방향으로 끌고 간다고

설명하셨어요. 그리고 오후에는 유리관을 관찰했어요. 그런데 유리관을 눈앞에 대고 보니까, 교정의 여러 가지 돌과 사람들의 옷, 지붕의 기왓장 등 모든 것이 알록달록하게 빛났어요. 왜 그런지 잘 모르겠어요. 아버지께서 좀 설명해 주시겠어요?"

"그것이 유럽에서 온 것이라던?"

한참 동안 잠자코 계시던 아버지가 물으셨다.

"네, 그런 것 같아요."

"어느 선생님이 보여 주시더냐?"

"옥 선생님이라는 것 같아요."

"그리고 또 무슨 말을 하시더냐?"

"빛이 그렇게 갈라진다고 한 것 같아요."

"빛이 갈라진다구? 빛이 갈라져?"

아버지는 반복해서 중얼거리셨다.

잠시 후에 아버지는 남포등에 불을 다시 켜고, 내게 방구석에 있는 나지막한 책장에서 책들을 꺼내 오라고 하셨다.

이 책들은 아버지가 서울에서 가져오신 것이었다. 거기에는 유럽에 관해서 많은 것들이 적혀 있었다. 아버지는 책을 다 넘겨 보더니, 다시 책장에 꽂으라고 하셨다.

"선생님들이 하시는 얘기를 좀 더 주의 깊게 들어야겠다."

아버지는 실망해서 말씀하셨다.

"이제 불을 끄고 자거라."

"오늘은 정말 기분이 이상했어요."

내가 말했다.

"학교의 모든 게 아주 낯설었어요. 오랫동안 무섭기도
했어요. 학교가 제 마음에 안 들 것 같아요. 이제까지 익숙하던
것과는 모든 게 너무나 다르거든요."

아버지는 한참 동안 잠자코 계셨다. 그런 다음에 물으셨다.

"그래서 슬프더냐?"

"좀 그랬어요. 옛날에 있던 서당과 우리 집이 자꾸만
생각났어요."

"이리 가까이 오너라."

아버지는 내 손을 끌어당기셨다.

"너 아직 소동파의 시를 외우고 있을 테지?"

나는 잠시 생각하다가 그렇다고 대답했다. 시인이 배를 타고
가며 지었던 그 시를 나는 작년에 아버지에게서 배웠다.

"한번 읊어 봐라."

나는 막히지 않고 읊었다.

"너 영탄가를 읊을 수 있니?"

나는 그것도 해냈다. 오십 절이 끝나기까지 긴 시간이
걸렸다.

"어때, 이젠 네 마음이 좀 진정되었니?"

아버지가 물으셨다.

나는 그렇다고 대답하고 내 이부자리로 돌아갔다.

"내일 또 학교에 갈 거냐?"

"네, 아버지가 원하신다면요."

시 계

내 옆자리에 앉은 기섭이는 잘생기고 영리한 학생으로,
무엇이든지 잘 알고 있는 것 같았다. 그는 나를 딱하게 여기는
듯했다. 내가 잘 알아듣지 못해 풀이 죽어 있었기 때문이었다.
나는 자연은 거의 아는 게 없었고, 산수는 더 형편이 없었다.
그는 가끔 백지인 내 공책을 들여다보고는 몇 자씩 적어 주었다.
그렇게 해서 내가 어려운 산수 문제의 답이라도 알고 집에 가게
하려는 것이었다. 그러나 그것도 크게 도움이 되지 못했다.
왜냐하면 나는 그 답이 어떻게 해서 나왔는지 알 수 없었기
때문이었다. 그래서 나는 하루 종일 기가 죽은 채 앉아서 저녁이
되기만을 기다렸다. 집으로 돌아오는 길에 나는 자연 시간에
몇 가지 알아들은 것과, 유럽에 관해서 새로이 들은 것들을
아버지께 이야기할 수 있게끔 머릿속으로 정리해 보았다.

아버지는 아무리 사소한 것이라도 새로운 것은 기쁘게
들으셨다. 나는 들은 것을 빼놓지 않고 다 이야기했고,
조금이라도 유럽에 관한 것처럼 보이면 모두 아버지에게
가져다드렸다. 유럽 글자가 적힌 종잇 조각, 고층 건물이나
철교나 탑의 사진 등, 이 모든 것을 아버지는 오랫동안 세밀히
살펴보셨다.

　　쉬는 시간이나 수업이 끝난 후에 몇몇 아이들이 운동장에
모여서 유럽의 여러 나라와 뛰어난 학자와 학문에 대해
이야기를 하고 있었다. 그 이름들은 너무나 낯설어서
기억하기가 어려웠다. 같은 반 친구인 복술이는 한 중국인
부자가 유럽의 현인을 방문한 이야기를 했다. 그런데 이 부자가
그만 아주 비싼 다이아몬드 반지를 뜰에 떨어뜨렸다고 했다.
그가 현인과 대화하던 중에 자기에게 일어났던 불운을
말했더니, "손님, 걱정하지 마십시오. 유럽에서는 아무도 땅에
떨어진 남의 물건을 줍지 않습니다."라고 현인이 말했다는
것이었다. 실제로 걱정하던 그가 창문 밖을 내다보니, 방금
뜰에서 비질을 하던 시종이 처음에는 반지를 손에 들었다가,
뜰을 깨끗이 쓸고 난 다음에 그 반지를 다시 제자리에 갖다
놓더라는 것이었다.

　　기섭이는 한동안 유럽에 살았던 중국 황태자에 관해서
이야기했다. 황태자는 중국으로 돌아가기 전에 작별 인사 겸
그동안의 호의에 대한 감사의 뜻을 전하려고, 그 나라에서
제일 높은 사람을 찾아갔다. 그는 마침 성의 정원에서 자갈이

많은 길을 청소하던 정원사를 만났다. 황태자는 그 정원사에게
주인을 만나 볼 수 있겠느냐고 물었다. 그랬더니 정원사는,
"내가 바로 이 나라의 대통령입니다. 유럽에는 다른
미개국에서와 같은 그런 주인도 없고 종도 없습니다."라고
대답했다고 했다.

이 이야기를 듣고 아버지는 무척 즐거워하셨다.

"그것 봐라."

아버지는 기쁨에 차서 말씀하셨다.

"유럽 사람이 바로 진정한 사람이야."

며칠 전에 아버지가 사들인 커다란 괘종시계가 밤 열두 시를
알렸다. 그 소리는 온 집 안에 울려 퍼졌다. 시계는 고요한
밤에도 계속 똑딱똑딱 소리를 내고 있었다.

아버지는 여전히 등불 옆에 앉아서 내 교과서를 뒤적이고
계셨다.

"유럽에 관해서 더 들은 것은 없느냐?"

"없습니다."

"그 나라들은 누가 다스리는지 말해 주지 않더냐?"

"아뇨, 그러나 저는 대통령이라고 생각해요. 대통령은 아마
왕과 같은 존재일 겁니다."

"으음, 그럴 테지."

아버지는 깊이 생각하기도 하고 때로는 미소를 짓기도
하면서, 책을 더 읽으셨다. 그러고는 책을 옆에 펼쳐 놓고 마치
가려진 새 세계를 넘겨다보려는 것처럼 앞을 응시하셨다.

어느 날 저녁에 집으로 돌아가려고 하는데, 교실 문 앞에서 한 아이가 나를 기다리고 있었다. 그는 나보다 상급생인 용마 형이었다.

"네가 남문 안에 사는 이 감찰 댁 아들이니?"

그가 물었다.

"네, 맞아요."

하고 나는 대답했다.

"오늘 어느 집에 가서 그 집 애를 우리 학교에 보내도록 권하려고 해."

나는 전에 신식 학교의 학생들이 마을을 돌아다니면서 이 집 저 집 찾아가 그 집 아이들을 신식 학교에 보내도록, 학교의 좋은 점을 말하면서 부모님들을 설득한다는 얘길 들었다.

"송 선생님이 오늘 저녁에는 우리 둘이 가라고 하셨어."

내가 주저하는 모습을 보고 용마 형이 말했다.

"저녁 먹고 바로 버들다리로 와. 거기서 만나자. 부모님들에게 보여 드리게, 교과서도 몇 권 갖고 와."

우리가 강을 끼고 걷고 있을 때에는 날이 이미 어두워졌다. 강물이 저녁 빛에 빛나고 있었다.

"너 뉴턴에 대해 아니?"

용마 형이 걸으면서 물었다.

"아뇨."

나는 솔직히 말했다.

"모든 것이 땅으로 떨어진다는…… 중력에 관해서는 물론 들어 보았지?"

"아뇨."

하고 나는 다시 말하지 않을 수 없었다.

용마 형은 매우 놀란 듯이 나를 바라보았다. 내 또래의 아이가 중력에 관해서 모른다는 사실을 이해할 수 없다는 표정이었다.

"지구가 태양 주위를 돈다는 것은 알아요."

내가 말했다.

"좋아. 그걸 사람들에게 이야기해라."

그는 웃으면서 말했다.

"아니면, 산소에 관해서 말해도 돼. 물이 산소와 수소라는 서로 다른 두 물질로 구성되어 있다는 걸 이야기하라고. 우리 선조들은 우주가 음과 양 두 극으로 형성되었다는 것만을 알고 있었어. 그러나 서양 사람들은 물이나 공기, 바위 같은 단일한 물질에도 이 원칙이 적용된다는 것을 알고 있지."

그의 목소리는 매우 부드러웠다. 그리고 말씨는 명확하고 신중했다.

"많은 사람들이 이제 나쁜 시대가 왔다고 한단다. 그러면 너는 분명히 말해 줘라. 지금은 결코 나쁜 시대가 아니며, 아주 새로운 시대라고 말이야. 눈 많은 긴 겨울 다음에 봄이 오듯이, 진달래가 피고 뻐꾸기가 울듯이 그렇게 우리는 새 시대를 맞겠다고 말이야."

우리가 찾아간 집의 아저씨는 붓을 만드는 사람이었다.

그 집의 바깥 벽에는 붓을 판다고 커다랗게 쓰여 있었다.
막 돌층계 꼭대기에 이르렀을 때, 우리는 주전자를 손에 들고
내려오던 젊은 부인과 마주쳤다. 그 부인은 우리가 찾아온
목적을 듣더니, 한 마디 대꾸도 없이 집으로 들어가 문을 닫아
걸었다. 우리가 몇 번이나 문을 두드렸지만 끝내 문을 열어 주지
않았다.

　우리는 그 집 앞에 서서 한동안 가까운 계곡에서 쏟아지는
물소리를 듣다가 그냥 돌아오고 말았다.

　"혹시 집에 나무 상자가 있거든……."

　용마 형은 계속 말했다.

　"검은 종이로 안팎을 붙여 봐. 그런데 한쪽은 그냥 두고
거기에다 간유리를 덮어. 그리고 그 반대 방향에 바늘귀만 한
가는 구멍을 내. 이 상자로 풍경을 내다보면 온갖 나무와 꽃들이
유리에 비치는 걸 볼 수 있어. 다른 사람들에게 그걸 보여 줄
때에는 이 상자로 사진 같은 걸 만든다고 이야기해도 돼."

　용마 형은 나를 집으로 데려가서 자기 방에 있는 많은 책들을
보여 주었다. 그중에 몇 권은 유럽식으로 제본되어 있었고,
금박 글자로 장식되어 있었다. 나는 그것들을 감히 만지지도
못했다.

　"우리가 먹으로 글을 쓰고 있을 때, 유럽 사람들은 금으로
글을 썼어."

　그가 설명해 주었다. 내가 집으로 돌아가려고 하자, 그는
내게 조그맣고 얇은 푸른 표지의 책 한 권을 주었다. 그 책의

표지에는 유럽식 제목이 쓰여 있었다.

"이 책은 진보적 생각을 가진 사람이라면 모두 읽어 봐야 하는 책이다. 아버지께도 보여 드려 봐!"

나는 그 책을 받아 들고 재빨리 집으로 돌아왔다.

"에이브라함 링컨, 에이브라함 링컨, 아마 사람의 이름일 테지?"

아버지가 나직이 물으셨다.

"그렇게 알고 있습니다."

아버지는 몇 장을 읽어 보고, 또 몇 장을 넘겨 보셨다. 그러고는 책을 앞뒤로 살펴보셨다.

"너는 그만 자거라."

아버지는 나를 보지도 않고 퉁명스럽게 말씀하셨다.

"그는 유럽의 현자입니까?"

하고 여쭈었다.

아버지는 고개를 끄덕이셨다.

"공자나 맹자처럼요?"

"아니, 그분들과는 다른 것 같다."

"그럼 우리 나라의 율곡 선생님 같은?"

"아니, 전혀 다르다."

아버지는 방해받고 싶지 않다는 표정이셨다. 나는 아버지가 그 책을 다 읽으실 때까지 잠자코 기다렸다. 이야기가 무척 흥미로운 것 같았으나, 아버지는 내게 아무 말도 하지 않으셨다.

묵묵히 앉아서 앞에 놓인 책만 골똘히 바라보고 계셨다.
그러고는 담뱃대에 불을 붙여 담배를 피우셨다.

이 유럽 사람이 시인이었을까? 혹은 영웅? 아니면, 나쁜
임금의 충실한 신하였을까? 유럽에도 나쁜 정치를 하는 임금이
있을까?

나는 서랍에서 사진을 꺼내 높은 집과 긴 다리, 뾰족탑 등을
유심히 들여다보았다. 사람들은 뾰족탑으로 무엇을 하는 걸까?

괘종시계 소리가 장엄하게 들렸다. 마치 구름 사이로 어쩌다
비치는 아득히 먼 지혜의 성에서 울려오는 소리처럼 들렸다.

아버지는 손님을 만나는 일이 거의 없으셨다. 아버지는
충분한 휴식을 취해야 한다고 하셨다. 읍에서 여러 가지 일
때문에 찾아오는 손님들은 젊은 서기인 순필이 접대했고,
우리 농장에서 일하는 농부들은 마름 순옥이가 맞아 의논했다.
사람들은 오갔고 흥정하고 계약을 맺었다. 모든 일은 전에
서당이던 바깥채에서만 이루어졌다. 담과 닫힌 중문으로 따로
분리되어 있는 안채는 하루 종일 조용하기만 했다. 아침이면
머슴이 뜰을 깨끗이 쓸었고, 저녁에는 구월이가 작은 정원에다
물을 주었다.

아버지가 매일 만나는 사람은 어머니뿐이었다. 어머니는
저녁 식사 후에 구월이와 다른 하인들을 거느리고 와서는
우리와 함께 잠시 앉아 계셨다. 어머니는 아버지와 집안일에
관해서 상의했고, 안채에 일어난 일이며 어머니를 찾아온
여자 손님에 관해서 이야기하셨다. 내가 학교에 관해서

이야기하는 것을 한참 듣고 난 후, 어머니는 문 앞의 대나무 발을 내리고 남포등에 불을 켜셨다. 그리고 아버지에게 안녕히 주무시라는 인사를 하고 가셨다.

가운데 누나인 어진이 누나는 저녁이면 자주 우리한테 건너와서 이야기를 듣고 갔다. 누나는 내가 학교 다니는 것에 관해서 꽤 관심을 가졌다. 내 책들을 호기심 어린 눈으로 뒤적이다가 마음에 드는 곳을 읽기도 했다. 가끔은 다음 날 내가 필요로 하지 않는 책을 자기 방으로 가져가서 자세히 읽기도 했다. 하지만 아버지가 누나에게 신식 학교에 가고 싶으냐고 물으시자, 누나는 깜짝 놀라서 바로 책을 놓아 버렸다.

"왜 그런 말씀을 하세요?"

누나는 당황해하며 그렇게 말했다.

'큰애기'라고 불리던, 제일 큰 누나는 이미 시집을 갔다. 제일 어린 셋째 누나는 아버지의 사랑방에 들어오는 것을 여전히 어려워했다.

어느 날 저녁에 부모님이 오랫동안 이야기를 나누고 계시고, 나 혼자 안채의 작은방에 있을 때 어진이 누나가 왔다.

"이 책들은 참 독특하구나."

누나는 못마땅하다는 듯이 말했다.

"한자도 없고, 깊은 뜻을 지닌 고전 문구도 없어. 너는 이 책으로 현명해지리라고 믿니?"

"그러길 바라."

나는 말했다.

"이 책에서 너는 뭘 배우니?"

누나는 점잖은 태도로 책장을 한 장씩 넘기며 물었다.

"참 딱하구나. 너는 이미 중용도 읽었고, 또 많은 옛 한시를
배웠고, 심지어 율곡의 일화까지 옮겨 써 보았잖니? 그런데

이제 이런 무가치한 책으로 네 재능을 낭비하고 있잖아.”
　어진이 누나는 영리했다. 책 읽기를 좋아했고, 많은 일화며
소설들도 제법 읽었다. 어머니도 미처 모르는 고전 문장을
외우기도 했다. 사람들은 우리 남매들 중에서 어진이 누나가
가장 영리하다고 했다. 또 나를 자주 꾸짖는 유일한 누나였다.

누나는 내 글씨가 엉망이고 멋이 없으며, 내 말은 위엄이 없다고 꾸짖었다. 그래서 가능하면 나는 누나와의 대화를 피했다.

"새 학문은 달라."

마침내 나는 이야기를 할 수밖에 없었다.

"이 책에서는 매일 수천 리를 달리는 기차를 어떻게 만드는지 배울 수 있어. 그리고 달까지의 거리를 측정하는 방법이라든지, 전력을 이용해 불을 켜는 방법 들을 배우지."

"그러니까 너는 현인이 될 수 없어."

누나는 걱정스러워하는 말투로 말했다.

"이제 다른 시대가 온 거야."

나는 말을 계속했다.

"어두운 시대는 가고 밝은 시대가 왔어. 우리의 어두운 잠 뒤에 밝은 시대가 온 거야. 새로운 바람이 우리를 깨운 거라고. 지금은 긴 겨울 뒤에 새 봄이 온 거야. 사람들이 말하고 있잖아."

누나는 내 말은 거의 듣지 않고 오랫동안 잠자코 있었다.

"그러면 유럽이란 나라는 도대체 여기서 얼마나 멀리 떨어져 있니?"

"그건 아직 배우지 않았어. 아마 수만 리가 될 거야."

"옛날에 소군 공주가 꽃이 없는 나라에 시집갔었어. 그러면 혹시 거기일까?"

"아니야, 거긴 오랑캐 나라였어."

"유럽에도 백합이며 개나리며 진달래 같은 꽃이 핀다고 생각하니?"

"난 몰라."

"그럼 그곳에도 남풍이 불어, 달빛 아래서 술잔을 기울이며 시를 지을 수 있다고 생각하니?"

"그것도 확실히 모르겠어."

"너는 정말 아는 게 아무것도 없잖아."

누나는 실망해서 딱 잘라 말했다.

여름 방학

`

서당에는 여름 방학이 없었다. 날씨가 아주 더워지면
평소보다 공부 시간을 조금 줄이고, 가끔 미역을 감으러 갔다.
물론 일요일도 없었고, 한 달에 이틀만 놀았다. 그러나 신식
학교에서는 일요일이 휴일이었고, 여름에는 한 달 동안이나
편하게 보낼 수가 있었다. 얼마나 좋은 제도인지 몰랐다.
　아버지도 이 제도를 좋아하셨다. 아버지는 멀리 떨어진
시골에 있는 유명한 훈장님에게 가서 습자를 더 공부하든지,
아니면 아버지 곁에서 한문책을 옮겨 쓰던지, 둘 중 하나를
선택하라고 하셨다. 아버지는 내 글씨체가 바로잡히도록, 내가
습자 연습을 더 하길 바라셨다. 나는 아버지 곁에 있기로
결정했다. 나는 가는 붓 여러 개와 새 공책을 받았는데,
새 공책을 쌀알만 한 크기의 글자로 채워야 했다. 아침마다

나는 과제를 두 쪽씩 배우고, 오전 내내 그것을 옮겨 썼다. 아버지는 내게 많은 글자를 반복해서 연습시키고, 때로는 한 면 전체를 다시 쓰게 하셨다.

오후에는 바둑이라는 놀이를 배웠는데, 바둑은 수많은 흰 돌과 검은 돌로 겨루는 놀이였다. 희고 종잇장처럼 얇은 고운 바둑돌을 보면서, 나는 바닷가에 흩어져 있는 조개껍데기를 떠올렸다. 한쪽 면은 마치 진주조개처럼 보였다. 검은 돌은 굵고 둥글며 회색빛이 돌았다. 바둑돌들은 강바닥에서 주워 온 것 같았다.

"자, 검은 돌을 쥐어라."

내가 흰 돌과 검은 돌을 주의 깊게 살피고 있을 때 아버지가 말씀하셨다.

"네 힘껏 세게 판에다 놓아 봐라."

나는 그렇게 했다. 바둑판이 그려진 상자에서 맑고 은은한 소리가 오랫동안 울렸다. 바둑판의 내부에 용수철이 많이 감겨 있어서 그렇다고 아버지가 설명해 주셨다.

"상대방이 바둑돌을 놓거든……"

아버지는 계속해서 말씀하셨다.

"소리가 멈출 때까지 기다려라. 그런 다음에 너도 돌을 놓되, 절대 경솔하게 놓지 말아라."

나는 검은 돌 스무 개를 미리 놓고 대국을 시작했다.

"천천히!"

내가 돌을 쥐고 유리해 보이는 곳에 놓으려고 서두르면,

아버지는 이렇게 말씀하셨다.

"항상 먼저 생각해라. 상대방의 허점으로 보이는 것이 때로는 착각일 수가 있단다."

언젠가 아버지는 바둑은 원래 인간에게 속한 놀이가 아니라, 산에 내려와 세월 가는 줄 모르고 이 놀이로 소일하던 신선의 놀이라고 말씀해 주셨다.

"아이들이 경주할 때처럼 그렇게 성급하게 바둑을 두는 신선을 상상할 수 있니?"

"아니요. 신선은 아주 고상하지요."

"나무꾼 이야기를 들어 보았지? 신선 세계에 잘못 들어갔다가, 신선들이 두는 바둑 놀이를 구경한 나무꾼 말이야. 그 나무꾼이 집에 돌아와 보니 도끼가 썩어 있었다는 거야. 시간을 초월한 신선들의 바둑 놀이는 지상의 인간에게는 너무 긴 시간이 걸린다는 뜻이지."

아버지와 나는 바둑을 두고 또 두었다. 찌는 듯한 더위가 가시고 오후가 되면, 나는 바둑판을 들고 정원으로 내려가 그늘진 나무 밑에다 놓아야 했다. 우리는 바둑판을 사이에 놓고 돗자리 위에 앉았다. 나는 계속 지기만 했다. 그러나 언젠가는 한 번 이기리라는 굳은 믿음을 버리지 않았다. 정원에 어둑한 그림자가 드리우고 구월이가 저녁상이 차려졌다고 부를 때까지 우리는 계속 바둑을 두었다.

어머니가 아버지에게 오시는 저녁때면, 나는 자주 용마

형에게 끌려나갔다. 용마 형과 나는 때로 학생들을 모집하러
다녔고, 때로는 상점을 구경하면서 시내를 산책했다. 우리는
큰길을 따라 동문까지 쏘다녔는데, 거기서는 일본 상점도
구경할 수 있었다.

나는 우리나라 사람들이 예부터 '왜놈'이라 부르고,
인간다운 인간으로 취급하지 않았던 일본 사람들에 관해서
별로 아는 게 없었다. 그러나 용마 형은, 일본은 이제 유럽
사람들로부터 많은 것을 배우고 나라를 개혁했기 때문에
문화국으로 여겨야 한다고 했다. 실제로 일본 상인들은

유럽에서 들여온 듯한 독특한 물건들을 팔고 있었다. 대부분
과자와 담배, 남포등, 석유와 인형, 여러 가지 장난감
등이었다. 어느 한 상점 앞에는 못이 많이 박힌 커다란
널빤지가 세워져 있었다. 사람들은 동전 한 닢을 내고
경사진 판에 공을 굴려 내렸다. 공은 아래에 가서 어떤
숫자를 가리켰다.
　　최고의 상품은 괘종시계였는데, 일본 상인은 언제나
그것을 외쳐 댔다.

"한번 와서 해 보시오. 자, 괘종시계를 탈 수도 있소. 아라,
아라, 아라! 내 시계 잃어버렸네."

또 다른 상점에서는 자전거를 팔기도 하고, 세를 놓기도
했다. 용마 형은 이곳에 오랫동안 서서 자전거를 유심히
살펴보았다. 자전거는 독특한 물건이니까 틀림없이 유럽에서
온 것일 거라고 용마 형은 말했다. 그는 한참 동안 다른
아이들을 바라보다가 나에게 물었다.

"나도 한번 타 볼까?"

"점잖지 못한 것 같아……."

나는 이상한 장난감이 정말로 유럽에서 온 것인지 똑똑히
알지도 못하면서 말했다.

"형은 그래도 양반집 아들이잖아."

그는 고개를 끄덕였고, 잠시 생각하다가 자전거 타기를
단념하고 말았다.

모든 상점들은 밤늦게까지 환하게 불을 밝히고 있었다. 물건
파는 사람들은 돗자리를 깔고 가게 앞에 나와 앉아 있었다.
우리나라 사람들과는 달리 그들은 검정 옷을 입고 있었다.
그 검정 옷감에는 눈송이 같은 흰 무늬나, 아니면 단순한 선
또는 점이 박혀 있었다. 조잡스러운 일본 글자를 등에 달고
다니는 사람도 많았다. 아무도 고상한 흰 옷을 입지 않았고,
신도 신지 않았다. 그들은 발을 안쪽으로 밟으며 '게다'를 끌고
다녔다. 여자 상인들도 있었다. 그들은 모두 하인처럼 가마도
타지 않고, 심부름꾼도 없이 시가지를 걸어 다녔다. 이 사람들은

모두 최하층민들이거나, 아니면 너무나 가난해서 아내마저도
장사꾼으로 거리에 내보내야 했는지 모른다.

나는 이 사람들의 고향이나 이들이 사는 마을과 도시에
관계되는 사진을 한 번도 본 적이 없었다. 용마 형도 거기에
관해서 별로 아는 바가 없었다. 그는 일본이 개화되어서 기차와
기선이 많다는 말만 되풀이했다.

"사람들 말로는, 지금 세상에는 여섯 개의 문화국이 있다고
해."

그가 언젠가 내게 말했다.

"그 나라들은 영국, 미국, 프랑스, 독일, 러시아, 일본이야.
그런데 일본은 남의 흉내만 냈기 때문에 사람들은 꼴찌에다
걸어 놓았어."

"그럼, 우리나라는 어디에 속하죠?"

나는 놀라서 물었다.

"우리는 문화국이 되려면 아직 멀었어."

그는 힘없이 말했다.

"아직도 우리나라에는 기차가 너무 적어."

"그럼 중국은?"

나는 다시 물었다.

그는 오랜 침묵 끝에 입을 열었다.

"중국 사람은 너무 보수적인 것 같아. 전에 비단 장수
유 씨에게 욕을 먹은 적이 있어. 내가 상투는 구식이니 깎는 게
좋겠다고 말했거든. 그랬더니 그 노인은 머리끝까지 화가 났어.

아마 내가 빨리 도망치지 않았더라면 뺨을 얻어맞았을 거야.
남산 뒤에 사는 야채 장수도 아주 구식이야. 언젠가 그에게 뭘
좀 아는가 보려고, 내 교과서를 보여 준 일이 있었어. 그리고
내가 한자로 중국이 유럽 문화를 받아들이려 하느냐고 물었어.
그랬더니 그는 웃으면서 손을 내저었어. 그리고는 담뱃대로
땅바닥에다 이렇게 쓰는 거야. '유럽은 오랑캐 나라다.
그곳에는 공자가 가르치는 윤리 도덕이 전혀 없다.'라고 말이야."

　'보수적'이라는 말은 별로 좋게 들리지 않았다. 나는 그 말을
'바보' 또는 '완고함'이라는 의미로 알았다. 중국 사람들이
실제로 그렇게 보수적이라면, 그건 정말 유감이었다. 내게
중국은 왠지 아름답고, 부드럽고, 훌륭한 나라로 여겨졌기
때문이었다. '양자강'이나 '동정호', '서주' 혹은 '항주'라는
말을 듣기만 해도, 또는 '소동파'나 '도연명'의 시 몇 구절을
읊기만 해도 내 앞에는 황홀한 세계가 전개되었다.

　셋째 누나와 어진이 누나도 중국 소설을 많이 읽었기 때문에,
역시 그렇게 생각했고 느꼈다. 누나들은 양자강 계곡의 아침
안개나 달빛에 쌓인 요양 숲을 직접 보지는 못했어도, 저 훌륭한
중국을 다른 어느 나라보다도 좋아했고, 심지어는 그들이
'동방의 작은 나라'라고 어느 정도 얕잡아 부르는 우리나라보다도
더 좋아했다.

　여름 방학이 끝날 무렵, 우리는 낯설지만 흥미로운 밤을
보냈다. 저녁 식사 후에 나는 기섭과 '호랑이'라는 무서운

별명을 지닌 친구에게 끌려 나갔다. 그들은 학교에 빨리 가야 한다고 했다. 학생들이 저녁에 시가 행진을 할 거라고 했다. 오늘이 왕인지 왕비인지, 아니면 어느 높은 사람의 생일이기 때문이었다.

우리가 학교에 도착했을 때, 벌써 이백여 명이나 되는 학생들이 운동장에 모여 있었다. 체조 선생님이 와서 키 순서대로 넉 줄로 서라고 하셨다. 용마 형은 우리 중에서 제일 컸기 때문에 맨 앞줄에 섰고, 반대로 나는 거의 맨 끝에 기섭이와 나란히 섰다. 우리는 질서 정연하게 행진해서 마을 사람들과 다른 학교 학생들을 놀라게 하라는 긴 연설과 훈계를 들었다.

날이 저물었다. 우리는 제각기 촛불 초롱을 밝혀 들고 교문 밖으로 나갔다. 북과 나팔 소리에 맞추어 애국가를 부르면서 종각 거리로 행진해 나갔다. 남쪽과 동쪽에서도 똑같이 노래하며 초롱을 든 학생 대열이 행진해 왔다. 작은 두 학교는 모두 올 여름에 생긴 신식 학교였다. 기섭의 말에 따르면, 그중 하나는 선교사들이 설립했다고 했다.

이 세 학교가 합류해서 종횡으로 시내를 행진하였고, 마지막으로 '삼문'을 통하여 관청에 도착했다. 이 건물의 넓은 마당은 빛의 바다처럼 환히 빛나고 있었다.

매우 장엄한 느낌이 들었다. 전에도 여기에서 많은 축제가 거행되었다. 그러나 나는 옆문을 통해 작은 마당까지밖에 들어가지 못했었다. 거기에서 나는 다른 마당의 불꽃놀이를 구경하고, 아름다운 음악도 들었다. 이제 대열은 다시 움직이며 거대한 '삼문'을 가로질러 많은 관사를 지나서, 연못에 정자가 있는 뜰로 나왔다. 거기에서 고을 목사가 우리를 직접 맞아 주었다.

우리는 왕실을 상징하는 무늬인 오얏꽃(자두나무의 꽃) 모양의 커다란 연못 주위에 늘어섰다. 수많은 초롱불이 물에 비치었다. 그때 우리 도에서 제일 높은 목사가 정자 앞에 나타났다.

목사는 새 시대를 재빠르게 인식한 우리의 현명한 판단을 칭찬했다. 우리 조국은 비록 작은 나라이지만, 우리의 선조들은 고귀한 문화를 발전시켜, 그것을 일본에 전파하였다고 말했다. 그러나 이제 일본이 선두에 서서 우리나라가 개혁하도록 도와주겠다고 하는 형편이기 때문에, 동쪽의 이웃 나라 일본처럼 발전하도록 우리 모두 열심히 노력해야 한다고 했다.

우리는 조국과 임금을 위해서 열광적으로 '만세'를 불렀다.

축제가 끝날 무렵, 우리는 새 문화에의 관심과 인식에 대한 보상으로 연필 한 다스와 공책 두 권씩을 받았다.

모두들 만족해서 집으로 돌아왔다. 정말 멋진 밤이었다. 우리가 작은 민족이고 작은 나라라는 것은 사실이다. 그렇지만 그보다 더 중요한 것은, 우리가 현명하다는 것이었다. 저 크고 위대한 중국도 일찍이 우리를 '작은 중국'이라고 불렀던 것은, 우리의 선조들이 현명하였기 때문이었다. 일본에 문자와 철학, 종교와 건축, 그 밖의 많은 것을 전해 준 나라는 바로 우리였다.

신문명을 받아들이는 것은 일본보다 조금 뒤졌지만, 그것은 걱정할 일이 아니었다. 우리는 목사가 이야기한 것처럼 매우 영리한 민족이었다. 그의 말은 나의 사기를 높여 주었다.

내게 그 밤은 정말 너무 멋졌다.

옥계천에서

가을에는 수업 시간이 더 길어졌다. 지리와 세계사를 새로 배우기 시작했는데, 교과서가 모자라서 칠판에 쓴 것을 일일이 옮겨 적어야 했기 때문이었다. 교문을 나설 때면 너무 늦어서, 날이 이미 어둑어둑하고 차가웠다.

어느 날 저녁 늦게 구월이가 마중을 나왔다. 오늘은 위험해서 혼자 다니면 안 된다며, 어머니가 마중을 보내셨다고 했다. 거리에는 수많은 일본 군인들이 돌아다녔고, 그들은 심지어 민가에까지 침입했다고 했다.

일본 사람들은 적으로서가 아니라 친구로서 우리를 돕기 위해 왔다는 말을 종종 들어 왔지만, 나는 어쩐지 불안한 생각이 들었다. 우리는 서둘러 집으로 왔다. 나는 일본 군인에 관한 이야기를 들으면 언제나 겁이 났다.

"아버지께서 뭐라고 하셨니?"

내가 구월이에게 물었다.

"잘 모르겠어."

"그럼, 어머니께서는 뭐라고 하셨니?"

"곧 전쟁이 날 거래."

"그럼, 순옥이는?"

"이제 세상이 끝장날 거래."

우리는 걸음을 빨리 했다. 큰 거리는 다른 날보다 더 컴컴했다. 길에는 과일 장수 하나 눈에 띄지 않았다. 과일 장수들은 보통 때 남폿불을 켜 놓고 늦참외며 호박이며 배며, 때로는 떡도 팔곤 했다. 남문은 어두운 밤하늘에 입을 벌리고 서 있었다. 언제나 소리 높여 노래를 부르던 엿장수도 보이지 않았다.

집에서는 사람들이 흥분해서 그날 사건을 이야기하고 있었다. 거리마다 골목마다 군인들이 들끓었고, 많은 집들이 수색을 당했다. 순옥이는 큰길 건너편에 있는 빵집으로 군인 세 명이 들이닥치는 것을 직접 보았다고 했다. 그러나 어느 누구도 그들이 무엇을 찾고 있는지 몰랐다. 왜냐하면 아무도 그들의 말을 알아듣지 못했고, 아무도 그들 가까이에 갈 수 없었기 때문이었다. 사람들은 다만 우리 고을에 무슨 나쁜 일이 들이닥칠 것이라고 짐작할 따름이었다.

부모님은 이날 밤 늦게까지 의논하셨다. 어머니는 다 자란 어진이 누나와 가장 어린 나를 먼저 안전한 곳으로 보내자고

하셨다. 가택 수색이 무엇을 의미하는지 정확히 몰랐던
아버지는 여기에 동의하지 않으셨다. 전쟁이 일어날 이유가
없고, 군인들이 죄 없는 백성을 해치지 않을 것이라고 하셨다.
그들에게 저항하지 말고, 그들이 무엇을 가져가든지 그냥
내버려 두라고 하셨다. 무슨 이유가 있어서인지는 몰라도
우리 임금님이 그들을 직접 보냈을 거라고 말씀하셨다.

　마음이 쉽게 진정되지 않던 어머니는 마침내 나에게
내일부터 집 밖으로 나가지 말고, 오늘 밤은 예전에 내가 쓰던
안뜰 동쪽에 있는 골방에서 자라고 하셨다. 아버지 말씀을 듣고
진정되어 두렵지는 않았으나, 나는 순순히 어머니의 뜻을
따랐다.

　다음 날 오후, 무기를 든 군인 네 명이 우리 집에 와서는
뜰 안 곳곳을 어슬렁거렸다. 그들은 호기심에 차서 방이며
다락이며 창고 할 것 없이 모조리 뒤졌다. 그러나 아버지
말씀처럼 우리를 성가시게 굴지는 않았고, 아무것도 빼앗아
가지 않았다. 그래서 식구들은 일단 안심을 했다. 나는 다시
학교에 갈 수 있었다. 군인들의 눈을 피해 이 마당 저 마당으로
도망다녀야 했던 어진이 누나만 오랫동안 심란해했다.

　가택 수색은 자주 반복되었다. 거의 매일, 어떤 때는 하루에
두 번씩 되풀이되는 적도 있었다. 군인들이 이른 아침에
들이닥치는가 하면, 저녁에도 불쑥 안채에 들이닥치는 바람에
부인들이 깜짝깜짝 놀라 달아나곤 했다.

　이 무렵 불길한 소문이 돌기 시작했다. 농부와 사냥꾼들

그리고 많은 젊은이들이 여러 곳에서 모여 일본의 침략에
대항하여 싸우고 있다는 것이다. 그래서 일본군들이 우리
고을에 무기가 저장되어 있을 것으로 짐작하고 계속 가택
수색을 벌인다고 했다.

아버지는 처음에 그것을 하찮은 소문으로 대수롭지 않게
여기셨다. 그러나 결코 소문만은 아니었다. 우리는 일본군들이
점점 더 중무장을 하고 북문으로, 서문으로 행진하는 것을
보았다. 그들은 군가를 부르면서 행진해 나갔다가는 다시
군가를 부르며 시내로 돌아왔다.

나중에 일본군들은 잡은 사람들을 끌고 왔다. 아주 무서운
광경이었다. 피가 나게 얻어맞고, 무거운 쇠사슬에 묶인 채
끌려가는 사람은 우리 농부들이었다. 그들의 얼굴은 알아볼 수
없게 엉망으로 일그러져 있었다. 나는 지금껏 쇠사슬에 묶인
사람도, 얻어맞아서 피투성이가 된 사람도 본 적이 없었다.
온몸이 부르르 떨렸다. 공포에 질려 얼굴에 식은땀이
흘러내렸고, 집으로 돌아오는 동안 몸은 열이 나서 불덩이가
되었다.

어머니는 당분간 나를 학교에 보내지 말고 잠잠한 시골로
보내자고 하셨다. 어린 나에게 그러한 광경을 보여서는
안 된다는 것이었다. 아버지는 어머니와 오랫동안 의논했으나
동의하지 않으셨다. 아버지는 머슴과 마름을 우리 농지의
농부들에게 보내어 일본인들과 문제가 생기지 않도록
주의시키라고 이르셨다. 나에게도 행진하는 군인들을 절대로

보지 말라고 하셨다. 철없는 아이나 호기심에 차서 군인들의
얼굴을 보려 한다고 말씀하셨다.

싸움은 더욱더 잦아졌고 심해 갔다. 겨울과 봄 내내
일본군에게 잡힌 사람들이 도시로 끌려왔다. 그중에는
여자들도 가끔 끼여 있었다.

초여름 장마철로 접어들자 좀 조용해졌다. 가택 수색도
완전히 중단되었다. 장맛비가 아침부터 저녁까지 내렸다.

어느 날 저녁 기섭이가 찾아왔다. 그는 창백하고 여위어
보였다.

"너, 그 이야기 들었니?"

그가 나에게 물었다.

"아니, 무슨 이야기?"

그는 잠시 잠자코 있었다.

"나는 우리가 속았다고 생각해."

그는 말을 계속했다.

"우리나라가 합방당했어."

"일본에게?"

"물론 일본에게지."

"어디에서 들었니?"

"시간이 있거든 나중에 남문으로 가서 벽에 붙은 공고문을
읽어 봐. 대신 조심해. 그곳에 군인이 서 있으니까, 욕을 하거나
그것을 찢어서는 안 돼."

저녁을 먹은 후 나는 구월이를 데리고 남문으로 갔다. 실제로

그곳에는 인쇄된 커다란 종이가 붙어 있었고, 두 개의 남폿불이
그것을 비추고 있었다. 주위는 쥐 죽은 듯이 고요했다. 성문이나
큰길가에는 사람의 그림자도 보이지 않았다. 두 개의 남폿불만
어둠 속에서 흔들리고, 총을 든 군인 하나가 포고문 옆에 조용히
서 있었다. 나는 조심스럽게 포고문 가까이 가서 임금님의
옥새가 찍힌 것을 보았다.

진짜로 임금님이 쓴 글이었다. 태어나서 처음으로 그리고
마지막으로 읽은 임금님의 글이었다. 그 글은 나의 마음을
뭉클하게 했다. 오백여 년 동안 우리를 보호하고 있던 왕조의
마지막 작별 편지였다. 그 글을 다 읽었을 때, 구월이가 와서
성문 밖으로 내 손을 잡아끌며 물었다.

"뭐라고 적혀 있니?"

구월이는 글을 읽지 못했다.

"임금님이 물러나셨대."

"영원히?"

"응, 영원히."

"왜 물러나셨는데?"

"나도 잘 모르겠어."

집에 돌아와 나는 아버지께 그 글의 내용을 빠뜨리지 않고
전부 이야기해 드렸다.

아버지는 아무 말씀 없이 주의 깊게 들으셨다.

"앞으로 상황이 더 나빠질까요?"

아버지는 나를 잠자코 바라보고 계셨다.

집안 사람들 모두 말이 없었다. 바깥채의 남자들도, 어머니와 누나들도 모두들 말이 없었다.

밤이 깊었는데도 부모님과 순옥이는 술잔을 앞에 놓고 지난 왕조의 임금님에 대한 이야기를 나누었다. 아버지는 전 왕실이 우리를 보호하기에는 너무나 약해졌다고 하셨다. 새 임금이 통치할 때까지 조용히 기다리는 수밖에 없다고 하셨다. 아버지는 나에게 걱정 말고 계속해서 학교에 다니고, 세상일에 관해서 신경 쓰지 말라고 말씀하셨다.

그해 가을 사람들은 성곽과 성문, 낡은 관청의 청사를 모조리 허물고 좁은 길을 넓히기 시작했다. 상점과 집 들도 헐리었다. 파내어진 구들장들이 흙 쓰레기 더미에 쌓였고, 옛길도 쓰레기 더미로 변해 학교를 오고 갈 때 고생스러웠다. 사람들은 밤낮으로 미친 듯이 일했다. 여기저기에서 두들기고, 망치질을 하고, 톱질을 하여 먼지가 자욱이 일었다. 사람들은 소리를 질러 대며 명령하고 싸우고 야단이었다. 나는 집에 들어가 문을 닫고서야 마음이 놓였다.

우리 집 바깥채도 불안해지기 시작했다. 계속해서 사람들이 오고 갔다. 행상인과 거지 들이 늘어났다. 쫓겨난 농사꾼, 파면당한 벼슬아치, 피난민, 이곳 저곳으로 떠돌아 헤매는 방랑객 들이 묵고 가기를 원했다. 순옥이는 그들을 하룻밤만 묵게 하고, 다음 날에는 다시 길을 떠나게 했다. 그는 이 집이 밖에서 보는 것만큼 그렇게 재산이 많은 집이 아니니 다른 데로 가서 적선을 받으라고 말하곤 했다. 이런 일이 겨울 내내 되풀이되었다. 거지와 방랑객은 날이 갈수록 늘어났고, 우리 집 사랑방은 언제나 초만원이었다. 순옥이는 집 앞에 앉아서 욕을 해 댔다.

"이놈의 세상! 아, 이 몹쓸 놈의 세상!"

그래도 우물뜰만은 아직 조용했다. 오히려 그전보다 더 조용했다. 아버지는 하루 종일 새로운 규칙과 세금에 대해서 통역을 통해 일본군과 흥정을 하셨다. 그 뒤로는 초저녁만 되면 지쳐서 자리에 누웠기 때문에, 이야기를 오래 하시지도 못했다. 내가 학교에 관해 이야기하면, 잠깐 듣고는 쉬어야겠다며 불을 끄고 나도 눕게 하셨다. 아버지는 자주 내 말을 가로채면서 말씀하셨다.

"그만하면 됐다. 잠깐 바람이나 쏘이고 오너라."

나는 내가 아버지를 귀찮게 하고 있다는 것을 깨닫고 잠자코 있었다. 그러나 나는 산책하러 나가고 싶지가 않았다. 파괴된 성벽이며 지붕이 헐린 성곽은 나의 마음을 너무나 슬프게 했고, 공포감마저 주었다. 그래서 그냥 집 안에 머무는 것이 차라리 나았다. 아버지 곁에 있을 때는 어쩐지 아늑한 품에 안겨 보호를 받는 기분이 들었다. 나는 아버지의 피를 이어받았고, 아버지는 나를 돌봐 주시기 때문일 것이다.

다시 여름이 되었다. 몹시 무더운 어느 날 오후, 아버지는 옥계천에 가서 시원하게 목욕할 생각이 없냐고 물으셨다. 나는 좋아서 얼른 '네!' 하고 대답했다. 옥계천은 오래된 나무들이 울창하게 들어차 있는 조용한 계곡에 자리잡은 아름다운 시내였다. 그 나무 그늘에서 나는 서당에 다니던 어린 날들을 보냈다.

구월이는 술과 과일을 담은 작은 상과 돗자리를 들고 앞서 갔고, 나는 바둑판을 들고 아버지를 따라나섰다. 거리를 빠져나온 우리는 낯익은 길로 접어들어 골짜기를 지나 낡은 정자가 있는 산성까지 천천히 올라갔다. 구월이는 그곳에 자리를 만들어 놓고 돌아갔다.

아버지는 내가 바둑판을 펴 놓고 검은 돌 열 개로 선점을 놓는 동안에 주변을 구경하셨다.

"이 험한 일을 겪는 동안에도 여기는 변치 않았구나!"

아버지는 빙그레 웃으며 말씀하셨다.

"이곳은 다른 세상처럼 느껴지지 않느냐?"

"네, 그렇습니다. "

사람 소리는 들리지 않았다. 나무 꼭대기에서 매미만이 시끄럽게 울어 댔고, 계곡에서는 시냇물이 졸졸졸 소리를 내며 흐르고 있었다. 푸른 나무 그늘에는 고요가 깃들고, 간간이 시원한 산바람이 살랑이며 스쳐 지나갔다.

나는 아버지의 잔에 술을 따랐다.

"만수무강하십시오."

내가 어른들이 하는 말을 흉내 내어 말했다. 아버지는 그냥 웃기만 하셨다.

"시조를 읊어 본 적이 있느냐?"

"없습니다. 제가 감히 어떻게 할 수 있겠습니까?"

"한번 따라 해 보아라!"

아버지는 '부드러운 남쪽 바람'을 읊으셨다. 그것은 기생들이 권주가로 부르던 어려운 옛 시조였다. 아버지가 이렇게 아름다운 옛 시조를 읊으시리라고는 생각도 못 했다. 나는 말문이 막혀 그냥 듣고만 있었다. 감히 아버지를 따라 읊을 용기가 나지 않았다.

아버지는 바둑판을 내려다보시며,

"아직도 열 점씩이나 선점을 놓느냐?"

라고 언짢게 물으셨다.

나는 주저하면서 두 점을 다시 떼고 여덟 점만 놓아두었다.

아버지는 두 점을 더 떼어 버리시고는,

"여섯 점 선점으로도 충분히 이 늙은 아버지를 이길 수 있을
것이다."

하고 웃으면서 첫 돌을 놓으셨다.

물론 내가 첫 판을 깨끗이 졌다.

"그럼, 여덟 점을 놓으렴!"

나는 또 지고 말았다.

아버지는 나를 안됐다는 듯이 바라보셨다.

"그동안에 많이 잊어버렸구나. 좋든 나쁘든 두 점을 더
놓아야겠다."

"저는 괜찮습니다."

그렇게 말하고 나서 열 점을 먼저 놓고 계속해서 두었다.

"이제 그만 두자!"

내가 돌을 불리한 자리에 놓는 것을 보고 아버지가 갑자기
말씀하셨다.

"이젠 옷을 벗고 물에 좀 들어가거라."

실망하시는 아버지를 보자, 나는 죄송스러운 마음이 들었다.

"호랑이도 종종 개한테 물린다는 이야기를 아시지요?"

아버지를 위로하려고 그렇게 말했다.

"이젠 됐다. 이리 오너라. 옷을 벗고 내 앞에 똑바로 서
보아라. 부끄러워할 필요는 없다."

아버지는 나를 두루 살펴보시고는,

"무척 말랐구나."
라고 걱정스럽게 말씀하셨다.

"네가 지금 몇 살이지?"

"열세 살입니다."

"어쨌든 천천히 물에 들어가거라. 이곳 물은 아주 차다."

아버지는 술을 마시며 내가 서투르게 이 바위에서 저 바위로 건너가는 것을 보고 계셨다. 그러고 나서 아버지도 물에 들어오셨다. 아버지는 조심스레 크고 널찍한 바위 아래에 앉아서 물을 몸에 끼얹으셨다. 그러나 일 분도 채 안 되어 물에서 걸어 나오시더니, 갑자기 모래 위에 쓰러지셨다. 아버지는 새파랗게 질려 온몸을 부들부들 떨고 계셨다. 나는 아버지가 추워하시는 것을 알아채고, 빨리 수건을 가져다가 몸을 닦아 드렸다.

아버지는 차츰 얼굴에 혈색이 돌아와 겨우 몸을 일으키셨다.

"아버지, 괜찮으신가요?"

나는 걱정스러웠다.

"아무렇지도 않다. 자, 가서 옷을 가져오너라."

우리는 옷을 입었다. 나는 여전히 걱정이 되었다. 그런 나를 보고 아버지는,

"겁내지 마라. 나는 아주 오래 살 테니까……. 네가 고운 색시를 얻어 내가 손자를 보게 될 때까지는 살 것이다."
라고 하셨다.

그러나 그 순간 나는 무엇으로도 기쁨을 느낄 수 없었다.

“아버지, 이제 그만 집으로 돌아가시죠.”

“아니, 그럴 필요 없다.”

아버지는 웃으면서 대답하셨다.

“봐라! 다시 좋아지지 않았니? 이 아름다운 자연 속에 잠시 더 있다 가자.”

아버지는 낙조가 비치는 산을 바라보셨다. 산꼭대기마저도 이젠 그늘 속에 잠겼고, 산골짜기에서는 싸늘한 바람이 불어 왔다.

“바둑 한 판 더 둘까?”

“싫습니다. 제발 집으로 돌아가시죠.”

다행히도 마침 구월이가 우리를 데리러 왔다.

“이 옥계천에는 땅의 힘이 꺾이지 않고 솟아오른다.”

아버지는 걸으면서 말씀하셨다.

“여기서 다시 목욕을 하려거든 조심해라!”

아버지는 대문에 들어서자마자 다시 발작을 일으키셨다. 집안 사람들은 의식을 잃은 아버지를 안방으로 모셨다. 나는 밤새 의원을 찾아다녔다.

자정이 조금 지나서 어머니는 나에게 옆에 앉아 아버지의 손을 쥐라고 하셨다. 어머니는 아버지의 다른 한쪽 손을 쥐고 빌기 시작하셨다. 구월이가 기다란 흰 천으로 아버지의 방에서 대문까지 영혼의 길을 준비하는 동안, 온 집안 사람들 모두 빌기만 했다.

옛날 아이

어진이 누나는 조용해졌다. 누나는 전처럼 자주 말하지
않았다. 아버지의 죽음이 누나를 변하게 한 것 같았다. 그냥
아무 말 없이 안채에서 일만 했다. 아버지가 살아 계실 때에는
어머니가 남자들 근처에 가지 말라고 주의를 주셔도 줄곧
사랑채에 드나들더니, 이제는 아버지 방에도 거의 들어가지
않았다. 단지 어머니가 가을 행차를 하고 안 계셔서 어진이
누나가 어머니를 대신해야 할 때, 모든 일이 제대로 되어 있는지
보려고 밤늦게 내 방에 오곤 했다.

누나는 그림에 대해서 묻지도 않고, 잘못된 글씨를
나무라지도 않고, 그저 내가 그리고 쓰는 것을 잠시 지켜볼
뿐이었다. 그러고는 부드러운 말씨로 말했다.

"이제 그만 자라. 어머니가 그러라고 하셨어."

나는 한밤중까지 책에 매달렸다. 학교 공부가 전보다 훨씬
어려워졌고, 시간도 많이 걸렸다. 일본어를 배우게 됐고, 모든
교과서가 일본어로 바뀌었기 때문이었다. 역사도 다시 다르게
배워야만 했다. 합방되기 전에 우리나라에 일어났던 모든
사건들은 삭제되었다. 우리 민족의 독립적인 역사는 인정되지
않았고, 단지 오래전부터 일본 제국에 조공을 바치는 힘없는
이웃 나라로 간주됐다.

지리나 자연 과학 같은 다른 과목들도 배우기 어려웠다.
교재에 나오는 개념과 표현, 정리법 등이 달라졌기 때문이었다.
일본어 수업에 역점을 두기 위해 이러한 과목의 수업은
단축되었다가, 나중에는 아예 없어졌다. 선생님들은 설명도
자세히 하지 않고, 교재만 한 번 훑어 가며 읽고는 그만이었다.
나머지는 모두 우리가 알아서 해야 했다.

학교 친구 중에는 기섭이가 가끔 나하고 잡담도 하고, 내
공부를 도와주기도 했다. 그는 몸이 아파서 몇 주일씩 학교를
쉬기도 했는데, 그래도 여전히 우리 반에서 성적이 제일 우수한
학생에 속했다. 기섭은 지치지 않고 나의 수학 공부를 도와
주었다. 그는 내 옆에 앉아서 내가 문제를 어떻게 푸는지
지켜보았다. 내가 틀릴 때마다 화도 내지 않고 조용히 웃으면서
고쳐 주었다.

용마 형은 매일 저녁 찾아왔으나 항상 잠시 머물다 돌아갔다.
그리고 그때마다 학교에서 배운 것 중에서 모르는 게 없느냐고
물었다. 그는 우리들 중에서 제일 영리했고, 경험도 많고,

일본어도 잘했기 때문에 나를 가장 잘 도와줄 수 있었다. 그는
모든 질문에 정확하고 분명하게 대답해 주었다. 그러나 다른
친구들도 도와줘야 했고, 자기 공부도 해야 했으므로 대개는
일찍 돌아갔다.

　만수도 역시 우리와 함께 어울렸다. 만수와 나는 일 년
전부터 짝이 되면서 친해졌다. 그는 말솜씨가 좋았다. 가끔 소풍
갔던 얘기도 해 주었고, 오래되고 특이한 나무들, 산골짜기에
있는 헤엄치기 좋은 멋진 장소, 그가 고을 주변에서 새로 찾아낸
암자와 탑에 관한 이야기들을 늘어놓았다. 그는 영리하여
무엇이나 쉽게 깨쳤다. 그뿐만 아니라 자연 과학에 관한 여러
가지 지식을 나보다 훨씬 빨리 익혔기 때문에 내게 무척 도움이
되었다.

　이렇게 많은 친구들이 도와주었지만, 나는 그들을
따라가려면 그들보다 더 많이 공부해야만 했다. 그 이유는
정확히 알 수 없었지만, 전에 서당에 너무 오래 다녔기 때문에
새 학문을 배우는 데 아직 익숙지 못한 탓이라고 생각했다.

　나는 그 많은 것들을 도무지 이해할 수가 없었다. 예를 들어,
원자, 이온, 에너지와 같은 개념은 거의 이해가 안 됐다.
거기에다 대수학이란 과목은 더 어려웠다. 나는 방정식이
무엇을 뜻하는지 몰랐고, 대수학이 무엇인지를 알 수가 없었다.
만수와 기섭이도 대수학에 관해서는 설명을 하지 못했고,
머리 좋은 용마 형도 방정식이 나중에 고등 물리학 연구에
적용된다는 것밖에는 말하지 못했다.

나는 혼자 한밤중까지 골똘히 생각에 생각을 거듭했다.
내가 늦은 시간까지 책하고 씨름하는 것을 보면, 어머니는
연필을 빼앗고 책과 공책을 접어 놓고 어서 자라고 하셨다.

그러나 내가 더 공부해야 한다고 말하면, 단호하게 말씀하셨다.

"그럴 필요 없다. 내 말을 들어."

그러던 어느 날 밤, 어머니는 내가 자리에 들어가 누운 뒤에도 한참 동안 내 곁에 앉아 계셨다.

"무슨 과목이 제일 어려우냐?"

어머니가 물으셨다.

"모두 다……."

나는 중얼거리듯 말했다.

"수학, 물리, 화학 모두 다 아직 잘 모르겠어요."

"너무 걱정하지 말아라."

어머니는 한참 있다가 말씀하셨다.

"네가 이 학교에서 능력을 발휘하지 못해도 괜찮다. 우리 모두에게 낯선 이 새로운 문화가 네게도 맞지 않는 거야. 지난 일들을 생각해 봐라. 넌 얼마나 쉽게 고전과 시조를 배웠니. 너는 정말 총명했어. 너를 그토록 괴롭히는 신식 학교를 그만두어라. 그리고 몸도 회복할 겸 올 가을에 시골 송림 마을에 가 있거라. 우리 땅 중에서 가장 작은 땅이지만, 소중한 농토란다. 그곳에는 밤나무와 감나무도 있어. 거기 가서 푹 쉬고, 우리 농가와 그들이 하는 일을 익혀 두어라. 너에겐 이 불안한 도시보다 오히려 한적한 시골이 맞아. 너는 옛날 아이야."

나는 슬펐다. 새 학문에 대한 재능이 없는 것 같아서 두려웠다. 아버지가 인도해 준 이 학문이 우리를 보다 높은 문화로 다가가게 할 것으로 믿었다. 사 년간 열중했던 공부를 재능이 없다고 하여 포기해야 한다니, 나는 정말로 슬펐다.

"그렇게 할 테냐?"

잠자코 누워 있자, 어머니가 물으셨다.

"물론이에요. 어머니께서 원하시면 그대로 하겠어요."

나는 맥없이 대답했다.

"아이구, 기특한 내 자식."

어머니는 방문을 나서며 말씀하셨다.

송림 마을에서

　송림 마을은 멀리 떨어진 한적한 포구 옆에 있었고, 그 해안 입구에는 굴이 다닥다닥 붙어 있는 바위들이 많았다. 해변과 포구 뒤쪽 깊숙한 곳에 초가집 이십여 채가 자리잡고 있었다. 그러나 낮에는 마을에서 사람을 거의 볼 수 없었다. 농부들이고 그 부인네들이고 할 것 없이 모두 언덕 너머 밭에서 일을 하기 때문이었다. 그들은 이 밭 저 밭 돌아다니며 보리나 밀, 조 등의 곡식을 거두어들이고 있었다. 나는 사람들이 곡식을 베고, 단으로 묶고, 황소에 싣고 집으로 가는 것을 보았다.

　저녁이면 나는 이 마을의 농사일을 보살피고 감독하는 농부네 집 사랑방인 내 방으로 돌아왔다. 그 방은 흙벽으로 된 수수한 방이었다. 방 한구석에는 대패질도 하지 않은 생나무로 짠 자그마한 책상 하나가 있었다. 마을은 잠깐 동안

활기를 띠었다. 소들이 여기저기에서 울어 댔고, 어머니들은
해변에서 노는 아이들에게 밥 먹으러 들어오라고 소리쳤다.
그러고는 온 마을이 잠든 것처럼 조용해졌다. 이 집 주인만이
내 방에 와서 잠깐 동안 나와 이야기를 주고받았다. 그는 나에게
제일 따뜻한 아랫목에 누워서 쉬라고 했다. 올 가을에 초가의
지붕을 새로 이어야 하기 때문에 새끼줄이 많이 필요하다면서,
그는 불 앞에 앉아서 새끼를 꼬고 있었다. 두툼한 등잔에는
말간 식물성 기름이 담겨 있었고, 심지에서는 아주 가느다란
불꽃이 피어올랐다. 새끼 꼬는 단조로운 소리와 따스한
방바닥의 온기로 나도 모르게 잠이 들었다. 내가 눈을 떴을
때에는 불은 거의 다 꺼졌고, 돌다리 아저씨—그 집 주인
아저씨를 나는 그렇게 불렀다—는 안 계셨다.
집 안과 온 마을이 쥐 죽은 듯이 고요했다. 해안을

스치며 오가는 밤 물결 소리만 들려올 뿐이었다.

　별다른 농사일이 없는 날이면, 나는 구경을 그만두고
낚시질을 하였다. 단조로운 들일에서 벗어나
기분 전환을 할 수 있어서, 자주 낚시를
즐겼다. 나는 바구니와 낚싯대를 들고
해안을 따라 포구 입구까지 갔는데,
썰물일 때에는 굴이 붙어 있는
바위까지 갔다. 나는 그 바위에서
밀물이 밀려올 때까지 아무
방해도 받지 않고 낚시질을
할 수 있었다.

돌다리 아저씨는 그때마다 밀물에 휩쓸려 가지 않으려면 언제 백사장으로 나와야 하는가를 자세히 일러 주셨다.

나는 그곳에서 홀로 하루 종일 낚시질을 했다. 주로 공미리라는 물고기가 물렸다. 공미리는 손가락 굵기만 한 물고기였는데 맛은 별로 없었다. 더 좋은 물고기를 낚기는 어려웠다. 이곳 사람들이 제일로 치는 도미를 나는 가을 내내 한 마리도 잡지 못했다. 그렇지만 나는 한가할 때면 해변으로 나가 끈기 있게 바위에 앉아 있었다. 꼭 물고기를 낚기 위해서가 아니라, 먼 바다의 아름다운 광경을 즐기기 위해서였다. 그곳은 좁은 만을 벗어난 곳이어서 내 앞으로 무한한 바다가 펼쳐져 있었다. 바다와 하늘이 저 멀리 수평선에서 서로 맞닿아 있었다. 맑은 가을 하늘 아래 서쪽으로는 바위가 많은 연평도가 우뚝 솟아 있었고, 북쪽으로는 고운 모래밭이 낮은 언덕을 둘러싸고 넓게 펼쳐져 있었다. 사방 어디에도 배 한 척 보이지 않았다. 찬바람만이 젖은 굴 바위를 이리저리 스치고 갔다.

집집마다 좋은 낚시 도구를 갖추고 있었으나, 농부들은 낚시질을 하지 않았다. 농부들은 만 밖에 있는 '큰 소'라는 곳 근처에 그물을 쳐서 공미리가 아니라, 가자미, 넙치, 준치 그리고 길고 흰 갈치 등 크고 좋은 물고기를 잡았다. 나는 사람들이 그물로 물고기를 어떻게 잡는지, 또 그물을 어떻게 치는지 한 번도 본 적이 없었다. 그래서 사람들이 함께 그물을 치러 가자고 했을 때 즐거워하며 따라 나섰다. 그들은 썰물이 지는 밤을 택했다. 나는 처음에 조금 걱정이 되었다. 하지만

이런 한밤중에 제일 좋은 물고기가 걸린다는 이야기를 듣고
안심했다.

  달이 뜨지 않아서 모래사장은 어두웠다. 우리가 건너야 하는
물은 살을 에는 듯이 차가웠다. 별빛으로 바다는 점점 밝아졌다.
수없이 많은 별들이 맑은 하늘에서 내리비치고 있었다. 나는
차츰 어두운 곳에서도 미역과 엉금엉금 기어다니는 게를
구별할 수 있었다. 우리는 좁은 물고랑을 여러 번 건넜다.
물살은 모래밭을 지나 넓은 바다로 흘러가고 있었다. 한참 걸은
다음에 거센 물살이 쏟아져 내리며 소용돌이치는 '큰 소'에
이르렀다. 바로 여기에다 마치 병풍을 치듯이 그물을 말발굽
모양으로 둘러쳤다. 그러자 곧 여기저기에서 팔뚝만 한
물고기들이 그물을 빠져나가려고 몸부림쳤다. 조수가 얕아지면
얕아질수록 그물에 걸려든 물고기들이 벗어나려고 더욱더
날뛰었다. 물고기들은 사납게 퍼덕거렸으나, 결국에는 모두
물기 없는 바닥에 널브러져 밤하늘 아래 은빛으로 빛나고
있었다.

  우리는 서둘러서 물고기를 바구니에 담아 가지고 집으로
향했다. 이제 바닷가에는 깊은 정적만 남았다. 파도 소리가
멀어졌기 때문이었다. 어디선가 사람들의 말소리가 나직이
들려왔다. 그들도 고기잡이에서 돌아오는 것 같았다. 그러나
어디에도 모습은 보이지 않았다. 밤이 너무도 아름답고
고요해서, 물에 빠져 죽은 사람들의 영혼이 떠돌아다니면서
속삭인다는 말이 믿어질 정도였다.

맑은 가을 날씨가 계속되었다. 농부들은 이른 아침부터 저녁 늦게까지 곡식을 타작했다. 콩과 팥, 메밀과 수수 그리고 마지막으로 벼를 거둬들였다. 곡식은 키에 까불려서 깨끗하게 한 다음, 스무 말씩 가마니에 담았다. 돌다리 아저씨는 나를 이 집 저 집 데리고 다니면서 일의 과정을 자세히 설명해 주셨다. 곡식의 종류에 따라 품질의 차이도 알려 주셨다.

돌다리 아저씨는 내가 외로움을 느끼지 않도록 무척 애써 주셨다. 저녁때 내가 할 일이 없어서 어찌할 바를 모르면, 책을 여러 권 방에 넣어 주시곤 했다. 손으로 쓰인 자그마한 옛 시집과 일화집, 두툼한 소설책 들이었다. 그러나 책장이 다 닳아서 침침한 불빛 아래서는 그 깨알같이 작은 글씨를 도저히 읽을 수 없었다.

"이곳 생활이 무척 심심할 거야."

언젠가 농가에서 나를 데려오는 길에 아저씨가 말씀하셨다.

"넌 지금까지 도회지에서만 살았기 때문에 많이 불편할 거야. 그래도 생각해 봐라. 세상이 어수선할 때 산속에 숨어 살았던 옛날 선비들이 있지 않니? 그들은 밤에 붓을 들기 위해서 낮에는 연장을 들고 일을 했어. 너도 그들처럼 저놈들이 물러가고 옛날과 같은 좋은 세상이 올 때까지 조용한 이곳에서 지내라."

농부들과 부인네들은 모두 이 나라에 새 왕조가 들어서면, 다시 좋은 세상이 돌아올 것이라고 믿고 있었다. 나는 그렇게 생각하지 않았지만, 반대하고 싶지는 않았다. 내가 '아저씨',

'아주머니'라고 부르는 어른들에게 반대한다는 것이 불손하게
생각되었다. 지주의 가정과 소작인의 가정을 한집안으로
생각하고, 그렇게 부르는 것이 옛날부터 내려오는 좋은
풍습이었다. 나는 그런 풍습을 좋아했다. 그리고 그 많은
아저씨와 아주머니 들을 구별하기 위해, 사는 곳의 지명을 붙여
부르곤 했다. 그래서 '웃골 아저씨', '웃골 아주머니' 또는
'뒷섬 아저씨', '뒷섬 아주머니'라고 불렀다. 소작인 농군들은
나를 '도회지에서 온 조카'라고 불렀고, 친조카처럼 대해
주었다. 돌다리 아저씨는 내게 말씀하셨다.
　"서로 그렇게 부르는 것은 지주와 농민 들이 모두 한가족처럼
생각하고 살아가게 하는 좋은 풍습이란다."
　지주 집안을 중심으로 모두가 큰 일가를 이루고 있었고,
그 때문에 지주는 다른 사람들보다 풍족하게 지낼 수가 있었다.
　어느덧 가을이 가고 눈이 내리기 시작했다. 굵은 눈송이가
밤낮으로 포구와 들과 길 위에 휘몰아쳐 내렸다. 추수가 끝나고
시월 고사를 지내고 나면, 큼직한 자물쇠로 곳간을 잠갔다.
새 짚으로 지붕을 이고, 새 창호지로 창을 발랐다. 이제
사람들은 따뜻한 방에 앉아서 손일을 했다. 남자들은 새끼를
꼬고, 돗자리를 짜고, 그물을 뜨고, 짚신을 만들었다. 여자들은
실을 뽑고, 베를 짰다. 아이들은 서당에 갔다. 시골의 훈장님
또한 농부여서 겨울에만 아이들을 가르쳤다.
　저녁때면 농부들이 일감을 가지고 한곳에 모여 잡담을
늘어놓기도 하고, 서로 번갈아 가며 소리 내어 이야기책을

읽기도 했다. 그 책의 주인공은 아무 죄도 없이 구박을 받았다.
남의 모함을 받고 쫓기어 고향을 떠나야 했고, 이곳 저곳으로
떠돌아다니면서 추위와 굶주림에 시달렸다. 그러다 마침내
현명한 사람을 만나 그의 도움을 받게 되는 내용이었다. 나중에
이 주인공은 자기도 현자가 되어 임금님의 부름을 받아 높은
벼슬아치가 되었다. 그는 총명하고 아름다운 여자와 결혼하고,
다시 자기 고향으로 돌아와 사람들에게 존경을 받으면서 행복한
생활을 했다. 이야기들은 모두 그렇게 시작해서 그렇게 끝났다.
그렇지만 사람들은 이런 이야기책을 읽고 또 읽었다. 그리고
그때마다 착하고 죄 없는 주인공에게 닥치는 불행에 흥분했다.
책을 읽을 때에도 매우 엄숙하게, 또는 노래하듯이 읽었다.
때로는 소리를 높이기도 하고 낮추기도 하고, 명랑하게 읽다가
다시 애통하게 읽었다. 눈이 쌓이면 쌓일수록, 밤이 조용해지면
조용해질수록, 더욱더 감정을 섞어 읽었다. 그래서 사람들은
먼 곳에서도 주인공이 얼마나 딱한 처지에 빠져 있는가를
짐작할 수 있었다. 나는 가끔 이야기가 들려오는 집 앞에 서서
귀를 기울였다. 이야기의 줄거리가 어떻게 진행되는가를 알고
싶어서가 아니라, 목소리를 듣기 위해서였다. 그 목소리는
아무 걱정 없이 평화롭게 지내던 내 어린 시절을 떠올리게
했기 때문이었다.

가 출

겨울 동안 나는 신식 학교에 다니던 시절과 거기서 함께
공부하던 친구들 그리고 그들이 이야기해 준 신세계 유럽에
관해서 많은 것을 생각했다. 그리고 내가 어렸을 적에 모아
두었던 사진들을 다시 꺼내 보았다. 사진 속에는 너무 높아서
땅에 속하기보다는 하늘에 속한 것처럼 보이는 장엄한 집과
성들이 있었다. 눈보라가 치는 포구를 산책하며, 나는 먼 서구의
건물들과 그 안을 드나드는 금발의 키가 큰 사람들을 상상해
보았다. 그들은 현실의 근심과 걱정, 생존 경쟁과 죄악을 전혀
몰랐다. 그들은 오로지 자연과 우주에 관해서 연구하였고,
지혜의 길만을 추구했다. 이 새로운 문화의 참된 교양인이
되려면, 그곳에서 교육을 받아야 할 것만 같았다. 그곳에서는
모든 것을 스스로 보고 경험하고, 학자들에게서 학문을 직접

배울 수 있을 것 같았다. 이 놀라운 세계에 대해서 들었던, 수많은 아름다운 전설과 일화 들이 내 머릿속에서 생생하게 되살아났다. 그러자 어떻게 하면 그곳에 갈 수 있을까 하고 곰곰이 궁리하게 되었다.

이제 더는 눈이 내리지 않았다. 포구의 얼음장도 녹기 시작하더니 어느덧 다 사라졌다. 날씨도 따뜻해졌다.

삼월 어느 맑은 날 오후, 나는 신막을 향해 떠났다. 신막은 이틀을 걸어야 닿는 작은 시장 마을로, 기차가 다닌다고 했다. 거기에서 기차를 타면 우리나라의 북쪽 국경을 넘을 수 있을 것 같았다. 국경 밖으로 벗어나면 계속 서쪽으로 갈 수 있는 길을 찾을 수 있고, 그러면 결국 유럽에 다다를 것이었다. 그것이 그때 내가 알고 있던 것의 전부였다. 기차가 어떻게 생겼는지, 어떻게 기차를 타는지, 외국에서는 어떤 언어가 쓰이는지 그리고 유럽에서도 돈이 사용되는지, 나는 전혀 몰랐다.

나는 오후 내내 걸었다. 그리고 달빛 덕분에 길을 잘 알아볼 수 있었기 때문에 밤에도 계속 걸었다. 다음 날도 종일 걸어서 저녁 무렵에야 비로소 넓은 평지에 자리잡은 시장을 보게 되었다. 나는 멀리에서도 그곳이 우리 고향과 전혀 다른 곳이라는 걸 알았다. 그곳은 교통이 훨씬 복잡하고 소란스러웠다. 사람들이 고함을 지르고, 종을 울려 대고, 길에는 인력거와 자동차와 오토바이가 바쁘게 오가는 사람들 사이로 뿡뿡거리며 달리고 있었다. 큰길가에는 거의 일본

사람들이 살았는데, 그들이 신고 다니는 '게다' 소리가
여기저기에서 시끄럽게 들렸다. 나는 가까스로 비좁은 거리의
인파를 뚫고, 정거장이 있는 곳으로 갔다. 거기서 만주행 열차가
내일 아침 일찍 그곳을 통과한다는 말을 들었다.

　다음 날 아침에 길을 잃지 않으려고 정거장 건물들과 플랫폼,
개찰구 등을 자세히 보아 두었다. 모두 태어나서 처음 보는
것들이었다. 나는 오랫동안 찾아 헤맨 끝에 고을 변두리에서
작고 소박한 여관을 발견하고, 그곳에 묵기로 했다. 난생
처음으로 여관에서 묵었다.

저녁을 먹고 곧바로 잠자리에 들었다. 다음 날 아침 일찍 일어나기 위해서였다. 지난 밤 쉬지 않고 걸었기 때문에 나는 무척 고단했다.

그렇게 고단했지만 제대로 잠을 이룰 수가 없었다. 다리가 쑤시고 아픈 데다가, 잠들려고 하면 눈앞에 어머니의 모습이 어른거렸다. 나는 책상 위에 짧은 작별의 편지를 남겨 놓았다. 어머니가 나를 찾아 헤매시는 일이 없도록 하기 위해서였다. 그렇게 할 수밖에 없었다. 어머니는 나를 철없는 아이로 생각하고 떠나 보내지 않으셨을 것이었다. 편지로 나는 마음을 좀 놓을 수 있었고, 어머니 생각에서 벗어날 수 있었다. 그런데 마치 어머니가 여기 계신 것처럼, 자꾸만 어머니가 나타났다. 겨우 잠이 들었다가 곧 다시 깨고, 다시 잠이 들었다가 또 깼다. 어머니가 나를 부르시는 소리가 들렸다. 어머니가 내 편지를 앞에 놓고 슬픈 얼굴로 말없이 앉아 계시는 모습이 보였다. 한번은 어머니가 내 얼굴을 두 손으로 감싸고 웃기도 하셨다. 그전에 며칠 동안 송림 마을에 오셨을 때처럼 말이다. 밤새 이런 장면이 계속되었다.

어린 시절에 관한 꿈도 꾸었다. 나는 뒤뜰 짚방석에 앉아서, 어머니가 마당에서 물들인 비단 천을 말리려고 줄에 너시는 것을 구경하고 있었다. 햇빛이 마당에 따뜻하게 비쳤다. 나는 어머니를 보고 기뻐서 달려가 뒤에서 껴안고 소리쳤다.

"어머니, 맞혀 보세요! 뒤에 누가 있는지."

어머니는 비단 천을 다 널고 돌아서서 웃으며 물으셨다.

"글쎄, 누굴까?"

그러고는 나를 어머니의 얼굴 위로 높이 들어 올리셨다.

"정말 이게 누구지? 내 금지옥엽이구나! 우리 미륵이는 커서 위대한 시인이 될까? 훌륭한 화가가 될까? 아니면 영웅이 될까? 그렇지 않으면 우리 고을의 목사가 될까?"

새벽녘에 나는 어머니가 심하게 우시는 모습을 보았다. 나는 어머니의 무릎에 머리를 파묻고 있었다. 나는 깜짝 놀라서 중얼거렸다.

"아뇨! 어머니! 떠나지 않겠습니다."

나는 전에 딱 한 번 어머니가 그렇게 서럽게 우시는 걸 보았다. 아버지의 장례를 마치고 산에서 내려와 묘지기의 집 앞 천막에서 밤을 새울 때였다.

다시 잠이 깨었다. 몸에 열이 나고 추웠다.

바깥은 어두컴컴했고 찬바람이 휘몰아쳤다. 하얗게 칠을 한 정거장의 작은 대합실에는 전등불이 환히 켜져 있었고 수많은 사람들로 북적거렸다. 대부분 일본 사람들로 군인들과 부인들이었다. 그들은 둘러서서 서로 허리를 굽혀 인사를 하고, 작별을 하면서 선물을 주고받았다. 사람들이 점점 더 몰려와 서로 허리를 굽혀 인사하기도 불편했다. 마침내 조그마한 창구가 열리고 차표를 팔기 시작했다. 그러자 제복을 입은 사람들이 직위에 따라 입구에 늘어섰다. 그 옆으로 사복을 입고 게다를 신은 사람들이 줄을 섰다. 나는 맨 끝에 가서 섰다. 내 차례가 왔을 때, 나는 만주의 수도로 가는 기차표를 샀다.

플랫폼 위에는 새벽 안개가 자욱했다. 바람이 살을 에는 듯이 차가웠다. 마침내 기차가 천둥 같은 기적 소리와 함께 연기를 내뿜으며 달려왔다. 사람들이 달려가 기차 안으로 마구 뛰어올랐다. 기차는 어느새 기적 소리를 울리며 급히 떠나 버렸다. 나는 플랫폼에 멍하니 서 있었다.

역원이 내게 다가와서 왜 차를 타지 않았느냐고 물었다. 내가 아무 대답도 하지 않자, 그는 내 손에서 기차표를 빼앗았다.

"아니, 심양까지?"

그는 표를 보고 놀라 소리를 지르며 나를 유심히 살펴보았다.
그리고 사무실로 나를 데리고 가서 자기 동료들에게 이 일을
이야기했다.

나이가 지긋해 보이는 역원 한 명이 나를 의아스럽다는 듯
바라보더니, 내 이름과 나이를 물었다.

"부모님께서 네가 심양에 가는 걸 허락하셨니?"

"아뇨."

"그럴 줄 알았다."

그는 화를 내며 말했다.

"그래, 거기에 가서 뭘 하려고 하니?"

"유럽으로 가려고 했어요."

나는 잠시 망설이다가 말했다. 그는 한참 동안 심각하게 내 얼굴을 바라보았다.

"아니, 그렇게 멀리 여행하려고? 여권은 가지고 있니?"

"아뇨. 그런 건 전혀 생각지 못했는데요."

"그러면 짐은?"

"없어요."

"그럼, 영어나 독일어나 불어는 할 줄 아니?"

"아뇨. 아직 못 배웠습니다."

"돈은 얼마나 가지고 있니? 어디 내놔 봐."

나는 갖고 있던 돈을 몽땅 책상 위에 꺼내 놓았다. 그는 나를 흘낏 바라보더니 웃었다.

"그래, 짐도 없고 여권도 없이, 영어도 할 줄 모르면서, 단지 몇 푼 안 되는 이 돈으로 유럽에 가려고 했단 말이냐?"

"네."

그는 다시 나를 날카롭게 쏘아보았다.

"그런데 왜 기차를 타지 않았니?"

나는 다시 잠자코 있었다. 나를 데리고 온 젊은 역원이 내가 그 물음에 아무런 대답도 하지 않더라고 말했다.

"말해 봐. 왜 안 탔는지?"

나이 든 역원이 다시 물었다.

"모든 게 소란스럽고 불안했어요."

젊은 역원은 웃으며, 조선 사람들이 이렇게 말하는 것을 여러 번 들었다고 했다.

"기차는 이 사람들에게는 너무 시끄럽고 빠르다니까."

그가 이렇게 말하자, 사무실 안의 사람들이 모두 웃었다.

"그렇다고 당나귀를 타고 유럽에 갈 수는 없잖니?"

나이 든 역원이 말했다.

"물론 그럴 테지요."

"그럼 내일 다시 기차를 탈 테냐?"

"아직 잘 모르겠습니다."

우리의 대화는 끊어졌다. 역원은 기차표를 돈으로 바꿔 주었다.

"다시 고향으로 돌아가 공부를 더 해라. 우리 학교도 유럽의 학교만큼 좋아. 네가 재능이 있어서 학교에서 일등을 하고 좋은 성적으로 졸업하면, 서울에 가서 대학에 다닐 수 있어. 우리의 대학도 유럽의 대학만큼이나 좋다. 서울에 가면 새로운 문화를 많이 접하게 될 거야. 공공 건물들은 삼사 층짜리 유럽식이고, 교수들도 품위 있는 유럽풍 옷을 입고 있지. 그러나 서울에 가는 것도 네 부모님의 허락을 받아야 한다. 규칙대로 하자면 가출한 소년들은 체포해서 경찰서를 통해 집으로 보내지만, 네가 그리 나쁜 아이 같지 않아서 특별히 봐주는 거야. 자, 이 돈을 갖고 집으로 가거라. 그리고 돈은 소중한 것이니까, 조심해야 한다."

나는 여관으로 돌아와서 잠이 들었다. 다시 눈을 떴을 때에는 이미 늦은 오후였다. 방에는 햇빛이 조금도 들어오지 않았다. 춥고 떨렸다. 밖에서 거리의 소음이 들려왔다. 인력거꾼들이 소리치고, 자전거에서는 따르릉 따르릉 요란한 소리가 나고, 장사꾼들이 소리 높여 물건을 선전했다. 특히 일본 약 '은단'을 선전하는 소리가 가장 시끄러웠다. 멀리에서 기적 소리가 들려왔다. 그러더니 곧 기차가 칙칙 소리를 내며 정거장에 머물렀다. 사람 부르는 소리와 호령하는 소리가 시끄럽게 들렸다. 또다른 기차가 반대편에서 귀를 찢는 듯한 경적을 울리며 들어왔다. 어디선가 헌병이 사람을 사정없이 마구 때리고 있었다. 신음하는 소리와 용서를 비는 소리가 들렸다. 게다가 길 위에 따각거리는 소리가 행진곡처럼 들렸다.

나는 송림으로 향했다.

가 뭄

내가 돌아왔을 때, 돌다리 아저씨는 나에게 무슨 말을 해야
할지 모르시는 것 같았다. 아저씨는 한참 동안 내 앞에 서서
잠자코 나를 보고 계셨다. 아저씨는 내가 어디에 있었으며,
왜 돌아왔는지 묻지 않으셨다.

"네 방에 들어가거라!"

아저씨는 짧게 한마디 하셨다. 아주머니도 내가 전혀
딴사람이 되어 버리기나 한 것처럼 눈이 휘둥그레져서 나를
바라보셨다. 아주머니는 저녁 밥상을 들고 내 방에 들어오셨다.
언제나 나를 잘 보살펴 주시던 아주머니를 다시 만나게 되어
정말 기뻤다.

"아주머니, 내가 다시 돌아왔어요."

그러나 아주머니는 아무 말도 하지 않고 나가셨다.

　나는 사흘이 넘도록 밖에 있었다. 돌아오는 길은 가는 길보다
훨씬 더 오래 걸렸다. 송림 마을의 산줄기가 보이는 곳까지
단조로운 황톳길이 끝없이 뻗어 있었다. 이제 나는 아무런
소음도 없는 고요한 이 마을로 다시 돌아왔다. 어디선가 암소
우는 소리가 들렸고, 굴 바위에 파도가 부딪치는 소리가 들렸다.
한밤중에 창문을 열자 해안까지 포구가 파도에 휩싸이는 것이
보였다. 모래사장은 은빛 파도에 덮여 겨우 알아볼 수 있었다.
어두운 언덕 앞에 있는 초가 지붕들은 흐릿한 달빛 아래 잠들어
있었다. 나는 지금까지 있었던 일이, 또 이 마을의 모든 것이
마치 꿈처럼 느껴졌다.
　농부들은 이제 밭을 갈고, 씨를 뿌리고, 모내기를 했다.
부인네들은 집에서 실을 잣고, 옷감을 짜고, 누에고치를 길렀다.
　종달새가 재잘대며 하늘 높이 날았고, 미나리아재비와

들장미가 만발하였다. 먼 계곡에서는 뻐꾸기가 노래를 불렀다.

좋은 날씨가 계속되었지만, 비가 내리지 않았다. 초여름이 다가오자 농부들의 걱정은 더욱더 커졌다. 날씨가 계속 가물었기 때문이었다. 밭의 흙은 가루처럼 메말랐고, 논에도 물기가 없었다. 모두 흉년이 들까 봐 두려워하고 있었다.

사람들은 이제 왜 가뭄이 드는지 그 원인을 찾기 시작했다. 모두들 일본인들 때문이라고 입을 모았다. 일본인들은 수많은 성벽을 부수고, 수많은 역사적 건물들을 철거하고, 오래된 묘들을 마구 파헤쳤다. 묘를 파헤친 것은 특히 나쁜 짓이었다. 일본인들은 묘 안에서 죽은 사람에게 바친 고귀한 도자기를 마구 훔쳐 냈다. 그들은 도자기를 자기 나라에 가지고 가서 비싼 값으로 판다고 했다. 산마다 수많은 묘가 파헤쳐져 하늘을 쳐다보고 있었다. 오래된 해골이 뙤약볕 아래 여기저기에 나뒹굴었다. 이 야만족들은 도로를 건설한다며 낡은 옛날 묘들을 파헤치고 손상시켰다. 산허리를 지나가다 사람의 뼈나 해골이 굴러 내려오는 것을 보고 깜짝 놀라 도망치는 사람도 있었다. 하늘이 그런 만행을 저지른 이들을 벌하리라고, 나도 믿었다.

여전히 가뭄이 계속되었다. 넓은 들이 이제는 물 한 방울도 없이 말라서 여기저기 쩍쩍 갈라졌다. 농부들은 밤마다 물을 퍼 날랐다. 마을 가까이 있는 유일한 물줄기인 냇물이 다 마르자, 사람들은 다른 물줄기를 찾아서 몇 시간씩 걸어가야 했고, 그릇에 담을 수 있을 만큼 물을 퍼 담았다. 그렇게 해서 어리고 약한 볏모가 이튿날까지라도 견디기를 바랐다.

　별이 밝은 밤에 부인네들은 뒤뜰이나 텃밭에서 비가 오게
해 달라고 빌었다. 그들은 촛불을 켜 놓고 물 한 그릇을 상 위에
올리고는, 죄 없는 농부들을 너무 혹독하게 벌하지 말아 달라고
하늘을 향해 빌었다.

　그러나 하늘은 무심했다. 매일 아침 불덩이 같은 해가
동쪽에서 떠올랐고, 날마다 괴로움에 찬 땅을 내려다보며
이글거렸다. 어느 누구도 이제는 노래 부르며 일하지 않았다.
그래도 사람들은 낮에는 말없이 김을 매고, 밤에는 구름이라도
한 점 있길 바라며 헛되이 하늘을 쳐다보았다. 나도 밤에 제대로
잠을 잘 수가 없어서, 자주 하늘을 쳐다보았다. 우리는 모두
걱정에 잠겨서 거의 말을 나누지도 않았다.

　어느 날 아침, 갑자기 집안 사람들이 나를 깨웠다. 하늘을

보니, 날씨가 누그러져 있었다. 온 포구에 비가 쏟아지고
마을에는 기쁨의 환성이 울렸다.

　소낙비가 그치자 날씨가 다시 푹푹 찌기 시작했다. 벼는
살아나서 무럭무럭 자랐다. 사람들은 이른 아침부터 저녁
늦게까지 김을 맸다. 나는 매일 어머니에게서 소식이 오기를
기다렸다. 나는 어머니에게 허락 없이 집을 뛰쳐나간 것을

용서해 달라고 편지를 썼다. 어머니가 답변을 주실 때까지, 나는 송림에 머물러 있기로 했다. 돌다리 아저씨를 통해, 내가 집을 나간 밤에 어머니는 한잠도 못 자고, 아무것도 입에 대지 않으셨다는 소식을 들었다. 어머니는 늘 안방에 혼자 있고 말 한 마디도 하지 않으신다고 했다. 그래서 나는 어머니가 병환이라도 나시지 않았나 걱정이 되었다. 어느 날 저녁, 어머니가 몸소 송림 마을에 오셨다는 소식을 듣고 얼마나 놀랐는지 모른다. 내가 어머니 곁으로 달려가자 어머니는 조용히 웃으면서 맞아 주었고, 건강이 어떠냐고 물으셨다.

다음 날 저녁 나 혼자 방 안에 있을 때, 어머니는 내게 아직도 공부를 하고 싶으냐고 물으셨다.

"아닙니다."

"잘 생각해 봐라."

"정말 싫어요."

"왜 그렇게 생각하니?"

"제가 공부를 계속하면, 나중에 서울에 가야 하잖아요?"

"왜, 싫니?"

"네."

"싫은 이유가 뭐니?"

"이제 어머니 곁에서 떠나지 않겠습니다."

"서울에 가도 좋다."

어머니가 말씀하셨다.

"내일 돌아가서 다시 공부를 시작해라."

"싫어요. 가지 않겠어요."

"그러지 말고 가거라. 이제는 내가 그러기를 바란다."

어머니가 왜 그렇게 말씀하시고 왜 그렇게 강요하시는지 알 수가 없었다. 나는 정말로 더 이상 공부를 하지 않으려고 했다. 새 시대는 내게 너무 낯설고, 나는 새 학문에 별 재능이 없다고 믿었기 때문이었다.

그러나 결국,

"네, 어머니. 해 보겠습니다!"

하고 대답했다.

입학시험

　학교 친구들은 내가 공부하러 다시 돌아오자 몹시
반가워했다. 그들은 내가 놓친 시간을 따라가고 가장 빨리
전문학교 공부를 시작할 수 있는 방법을 일러 주었다. 내가
고향에 있는 학교를 졸업하고 전문학교 시험 준비를 위해
서울에 있는 좋은 중학교를 다니려면, 아직도 삼사 년은 더
걸려야 했다. 주위 사람들은 독학하여 시간을 단축하고, 통신
강의로 시험 준비를 하라고 권했다. 내 생각에도 그게 좋을 것
같았다. 나는 중학교 전 과목을 유명한 통신 교육 기관의
강의록을 받아서 공부하기 시작했다.
　처음에는 모든 것이 순조로웠다. 강의록이 쉽게 쓰여 있어서
모든 과목을, 심지어는 수학조차 쉽게 공부할 수 있었다. 통신
강의를 시작한 지 몇 달 뒤에 시작한 영어만은 어려웠다. 아무리

여러 번 반복해 읽어도, 일본어로 표기한 영어 발음과 문법을 정확하게 이해하기는 힘들었다. 나는 지금까지 영어에 대해 아무런 지식이 없었다. 우리 고향 학교에서는 영어를 전혀 가르치지 않았기 때문이었다. 영어뿐만 아니라 수준이 높은 과목에 있어서도 아직은 좋은 교사가 없었다. 그나마 몇 명 안 되는 외국인 영어 교사들은 모두 서울에 있는 좋은 학교로 불려 갔다. 학교 친구들도 나를 도와줄 수 없었다. 그들 자신도 영어에 관해서 전혀 몰랐기 때문이었다. 나는 크게 낙담했다. 그런데 영어는 아주 중요한 과목이었다. 영어를 모르고서는 도저히 유럽 문화에 접근할 수 없었기 때문이었다.

용마 형은 화학과 물리를 도와주었다. 기섭이는 수학을 도와주었고, 각성이는 그 많은 낯선 외국 이름 때문에 어려웠던 서양사를 가르쳐 주었다. 친구들은 저녁마다 와서, 내가 공부할 때까지 도와주고 갔다. 그들은 모두 우리 고향 학교를 졸업했지만, 여러 가지 사정 때문에 서울로 공부하러 갈 수가 없었다. 그래서 적어도 우리들 중에 누구 한 사람이 전문학교에 가서 공부할 수 있도록, 온갖 방법을 다 동원하였다. 그리하여 내 방은 매일 저녁 교실로 변했다. 그러나 다른 교실과는 달리, 학생은 하나인데 가르치는 선생이 서너 명이나 되었다.

만수는 내 공부를 돕지 못한 유일한 친구였다. 그는 예나 지금이나 별로 변한 데가 없었다. 나이가 이미 열일곱 살이나 됐는데도, 여전히 이 친구 저 친구한테로 돌아다녔다. 뭔가 배우려고도 하지 않고, 직업에 대한 고민도 하지 않았다.

그렇지만 그는 고전 음악가로 발전해 가고 있었다.

만수도 매일 밤 나에게 왔다. 그러나 아주 늦게 다른 아이들이 다 가 버리고 난 후, 나 혼자 책을 보고 있을 때 왔다. 그는 내가 공부하고 있는 것을 잠깐 바라보다가 자기 방에 가서 함께 음악을 하자고 했다. 그는 가야금이라는 악기를 가지고 있었다. 가야금은 음악가와 기생 들이 좋아하는 현악기였다. 내가 공부를 좀 더 해야 한다거나 피곤해서 차라리 잠이나 자고 싶다고 하면, 그는 책을 너무 많이 봐서 피곤한 거라고 말했다. 그러면서 그는 책을 너무 많이 읽으면 정신이 이상하게 된다는 둥, 외아들인 내가 정신병자가 되면 안 된다는 둥의 말을 했다. 그래도 내가 따르지 않으면, 내가 자기의 유일한 친구니까 청을 거절하면 안 된다고 말했다.

나는 가끔 만수하고 그의 방으로 갔다. 그의 방은 자갈이 깔린 좁은 마당에 있었는데, 출입구가 따로 있어서 밤에도 마음대로 드나들 수가 있었다. 그 방에는 책도 책상도 없었고, 시계는 물론 학생에게 필요한 물건은 하나도 없었다. 작은 방은 거의 비어 있었다. 한쪽 구석에는 이불이, 다른 구석에는 풀 그릇이 든 화로가 놓여 있었다. 그는 벽장 속에다 자신의 소중한 물건을 모두 보관해 두고 있었다. 거기서 그는 우선 술병과 과일을 꺼냈고, 그것을 놋쟁반에 담아 내놓았다.

"자, 마셔. 너를 위해서 특별히 가져온 거야."

그는 그때마다 이렇게 말했다. 그다음에 그는 가야금을 꺼내 내 무릎 위에다 놓고, 손으로 쓴 두껍고 낡은 악보를

펼쳤다. 그 악보에 많은 고전 음악이 들어 있다고 했다. 나는
그가 어떻게 이 값비싼 악기를 가지고 있는지 그리고 어디서
그 낡아 빠진 악보를 구했는지 알 수가 없었다. 그는 한 줄을
가리키며 음표대로 뜯었다. 나는 천천히 조심스럽게 손가락이
익숙해질 때까지 연습해서, 한 곡을 거의 틀리지 않고 뜯을
수 있게 되었다. 그는 끈기 있게 계속해서 곡을 흥얼거리며
내 손가락의 위치를 바로잡아 주었다. 그리고 내 연주가 어느
정도 제 마음에 들면, 피리로 반주를 해 주었다. 우리는 지칠 줄
모르고 오래 연주했다.

"야, 미륵아."

한번은 그가 내게 물었다.

"너 정말 꼭 서울에 가서 공부해야 하니?"

"응, 그럴 거야. 시험에 합격하면 말이야."

"네가 여기에 살면서 우리가 같이 음악을 즐길 수 있다면
얼마나 좋겠니? 일할 필요도 없고 걱정할 필요도 없어. 그냥
행복하게 살면 돼. 네가 원하면 언제든지 친구들을 볼 수 있고,
하늘과 땅과 세계, 인간의 마음에 관한 이야기도 할 수 있어.
네가 사는 곳에 자그마한 정자를 짓고, 시냇물 흐르는 소리를
들으며 흘러가는 구름을 바라볼 수도 있어. 너의 어머니도
행복해하실 것이고, 너도 행복하게 살 것이고, 나도 항상 네
곁에 있을 수 있잖아."

"아니야, 나는 공부해야 돼."

"넌 정말 이상하구나."

그는 한숨지으며 말했다.

일 년이 금방 지나가고 다시 겨울이 왔다. 눈은 많이 내리지
않았지만, 아주 추운 겨울이었다. 그때 운명이 내 앞에 유혹의
미끼를 던졌다. 그것은 바로 내년도 의학 전문학교 입학시험에
관한 광고였다. 시험 과목은 다섯 과목으로 수학, 화학, 물리
그리고 일본어와 한문이었다. 내가 가장 두려워했던 영어도
없었고 역사도 없었다. 의학 전문학교 입학시험은 나에게
너무나 큰 유혹이었다. 주위의 여러 사람들이 의학이 내 적성에
맞는다고 했기 때문에, 더욱 뿌리치기가 어려웠다. 그런데
이 학교의 입학시험은 응시자가 너무 많기 때문에 전부터
입학하기가 가장 어려운 학교로 알려져 있었다. 좋은 성적으로
중학교를 졸업한 지원자 가운데 십분의 일 가량만이 합격될
정도였다.

나는 며칠을 두고 고민하다가 끝내 유혹에 지고 말았다.
여기에는 친구들의 격려도 꽤 있었다. 나는 지원서를 제출했다.
그리고 일주일 후에 수험 허가 통지서를 받았다. 지정된
수험일에 붓과 먹, 연필과 자를 가지고 시립 병원으로 나오라고
했다. 시립 병원에서 시험을 치른다고 했다.

시험 첫날 아침 일찍 나는 시립 병원으로 갔다. 아직 날이
어둡고 몹시 추웠다. 한 간호원이 나를 조그마한 방으로 데리고
갔다. 벌써 응시자 세 명이 구석에 서서 나를 기다리고 있었다.
나는 그들을 몰랐다. 셋은 모두 나를 보고 웃었다. 그러나
그들의 얼굴은 창백하고 근심에 찬 듯 보였다. 시험 감독관이

들어와서 우리의 이름을 부르고, 지원서에 붙어 있는 사진과 우리의 얼굴을 대조했다. 그리고 나서 그는 우리에게 시험 볼 때 마음의 여유를 가지고, 우선 시험 문제를 명확하게 이해하고 난 다음에 답을 쓰라고 주의를 주었다. 우리는 닷새 동안 치를 시험 일정표를 받았다.

그날은 건강 진단을 받았다. 우리는 커다란 방으로 안내되어 갔다. 두 명의 의사가 키, 몸무게, 시력, 청각, 척추, 폐, 심장, 위, 신장 그리고 그 밖의 기관을 진찰했다. 의사들은 앞의 세 사람이 나간 다음에 내 심장을 한 번 더 세밀하게 진찰했다. 그러고는 한참 상의하고 나서 건강하다는 판정을 내렸다.

필기시험은 매일 이른 아침부터 소강당에서 여러 시간 동안 치러야 했다. 첫날에는 수학, 둘째 날에는 언어, 셋째 날에는 물리와 화학을 차례로 보았다. 수학은 아주 쉬웠고, 물리와 화학도 그다지 어렵지 않았다. 그러나 고대 일본어와 고전 한문의 원전을 현대 일본어로 번역해야 하는 시험은 굉장히 어려웠다. 아마도 대부분 이 두 과목에서 낙제할 것이었다. 시험 감독관은 우리에게 등을 돌린 채 조용히 난로 옆에 앉아 있었다. 우리가 서로 조금씩 도와줄 수 있도록 하기 위해서인 것 같았다. 그러나 우리들 중 어느 누구도 남의 것을 보려고 하지 않고 혼자서 열심히 했다. 딱 한 번, 셋째 날 작은 종이 뭉치가 내 책상 위로 살짝 굴러왔다. 조심스럽게 펴 보았더니 황색 유황과 적색 유황의 서로 다른 용해점이 적혀 있었다.

마지막 면접시험을 보는 날, 시험 감독관은 왜 의학 공부를 선택했느냐고 물었다. 나는 삶과 죽음의 원인을 알고 싶다고 대답했다. 그는 웃으면서 나를 바라보고 한동안 연필을 만지작거렸다.

"아주 차원 높은 목적이군."

그는 알았다는 듯이 말했다.

"그렇지만 우리는 당분간 실무 의사를 많이 양성해야 한다. 특히 너의 고향에 말이다. 너희는 위생 관념을 너무 소홀히 하고 있어."

대화 도중에 그는 잠깐 시험실을 떠났다. 그래서 나는 그가 갖고 있던 명단을 볼 수 있었다. 이름 밑에 여러 난이 있고, 거기에 특별한 내용이 적혀 있었다. 내 이름 밑에는 '언어: 단순함, 명료함. 성격: 성실함, 부드러움, 은근함.'이라고 적혀 있었다. 그러나 학업 목적 난에는 아무것도 적혀 있지 않았다.

곧 시험 감독관이 돌아와서 잠깐 침묵하더니 말했다.

"시험을 잘 치렀더구나. 최종 명단에도 네 이름이 있더라. 그렇지만 결선에서 다섯 명 중 한 사람만이 우리 학교에 입학할 수 있다. 결과가 실망스럽더라도 그것 때문에 용기를 잃어서는 안 돼. 최종 선발은 제비뽑기와 같은 거다."

헤어질 때, 그가 다시 웃으면서 말했다.

"네가 우리나라라고 말할 때에는, 조선만 아니라 일본 제국까지 통틀어 의미하는 거다. 또 네가 우리나라 사람이라고 말할 때에는, 조선 사람만 아니라 일본 제국 내에 있는 모든 사람을 의미해야 한다."

나는 아무 말도 하지 않았다.

약 삼 주일 후에 합격 통지서가 왔다. 서울에 있는 의학 전문학교에 합격했으니, 사월 초에 학교 사무실로 나오라고 적혀 있었다. 이날 나는 큰누나 집에 저녁 초대를 받았다. 집에 돌아오니 온 집안 식구들과 친구들이 모두 내 방에 모여 앉아서 즐겁게 이야기를 나누고 있었다. 내가 방에 들어서자 모두 입을 다물었다. 용마 형이 나에게 통지서를 읽어 보라고 주었다. 모두들 나를 축하해 주었다. 어머니도 기뻐하시는 것 같았다. 그러나 어머니는 아무 말도 하지 않고, 그저 내 손만 연거푸 쓰다듬으셨다. 그리고 긴 침묵이 흘렀다.

친구들은 밤마다 나를 도운 목적이 이제야 이루어졌다고 생각하는 것 같았다. 나는 곧 저 넓은 세계로 나갈 것이고, 반면에 친구들은 여전히 이 작은 고향 마을에 머무를 것이었다. 우리 집에서 일하는 사람들은 내가 드디어 집을 떠난다고 생각하는 것 같았다. 구월이는 읽지도 못하는 통지서를 걱정스럽게 보고 있었다.

어느 따뜻한 봄날 저녁, 나는 친구들의 배웅을 받으며 커다란 서울행 기선이 정박해 있는 용지 포구로 갔다. 만수, 용마 형, 기섭이는 유쾌하게 이야기하면서 앞서갔고, 나는 어머니와 함께 그들을 따라갔다. 어머니는 시내에서 같이 걸으면서 여행과 큰 도시에서의 생활에서 주의할 점을 말씀하셨다.

"과거를 너무 생각하지 마라."

끝으로 이렇게 말씀하셨다.

"네가 종종 이야기했던 것처럼 시대는 변했다. 다른 사람들은 새 문화에서 우리보다 앞섰지만, 종종 실수를 저지르기도 하더구나. 네가 그들에게서 무엇인가 배우고자 한다면, 좀 낯설더라도 잘 감수해야 한다. 또 너의 온화한 성품을 잃어서는 안 된다."

친구들은 밝은 달빛에 잠긴 포구까지 나를 바래다주었다. 새하얀 기선이 어두운 바위 사이에서 마법처럼 떠올랐다. 나는 한 사람씩 일일이 작별 인사를 나누고 작은 배에 올랐다. 작은 배는 곧 거친 파도를 헤치고 흔들리면서 기선을 향해 나아갔다. 친구들은 부두에 서서 기선이 슬픈 고동 소리를 내며 천천히 좁은 포구를 빠져나갈 때까지 나를 배웅했다. 나 없이 그들 셋이서만 언덕을 넘어 돌아가는 모습을 보니 슬펐다. 그들은 무슨 얘기를 했을까? 용마 형이 얘기했을까? 아니면 만수가 얘기했을까? 내 여행에 관해서, 혹은 음악에 관해서 얘기를 했을까? 그들은 곧 남쪽 구릉과 선녀산 사이를, 아름다운 고향의 들판을 걷고 있겠지.

기선 위의 다른 학생들이 환성을 지르며 나를 맞아 주었다. 모두 나의 시험 합격을 축하하였고, 서울에 가면 도와주겠다고 약속했다.

용지 포구가 시야에서 사라졌다. 높은 수양산이 멀리

가라앉고, 수압섬이 손에 잡힐 듯이 바로 눈앞에서 스쳐
지나갔다. 이윽고 우리가 탄 배가 넓은 바다로 들어섰다.
오로지 바다만이 달빛을 받으며 수평선에서 수평선으로
파도치고 있었다.

서 울

아침 식사가 끝나자 배는 제물포항에 입항했다. 나는 다른
사람들을 따라 기차를 탔다. 기차는 곧 떠났다. 작은 역에서
몇 번이나 정거한 다음, 정오쯤 기차는 드디어 삼각산 방향으로
달렸다. 언덕과 계곡, 마을들이 우리 옆을 나는 듯이 지나갔다.
우리는 오백 년 동안이나 임금님들이 거주했던 왕도에 점점
다가갔다. 어렸을 때 성벽에서 보았던 밤의 봉화 신호가 이 나라
방방곡곡에서 이곳으로 왔던 것이다. 이곳 왕궁에서 목사들은
백성을 다스리기 위해 임금님의 명령을 받았다. 우리나라의
가장 유명한 시인들이 이곳으로 모였으며, 모든 학자들과
예술가들이 몰려들었다. 나는 생각에 잠겨 앉아 있었다. 기차는
터널을 빠져나가고, 강을 건너고, 곧 굉장히 큰 역사 안으로
들어섰다. 밖에서 사람들이 서울에 닿았다고 소리를 질렀다.

나는 짐을 들고 사람들을 따라 역사 밖으로 나갔다.
어마어마하게 넓은 광장이 눈앞에 펼쳐졌다. 인력거, 자전거,
오토바이가 경적을 울리며 소란스럽게 달리는 전차 사이로
요리조리 빠져나갔다. 우리는 전차를 탔다. 현대식 상점과
은행, 식당 들이 즐비하게 늘어선 번화가를 지나 학생들이 주로
모여 산다는 서울의 북쪽 시내까지 가는 것이 너무나 멀게
느껴졌다. 거기서는 실제로 어느 거리에서나, 책방에서든지
음식점에서든지 학생들을 만날 수 있었다. 그들은 비슷한
제복을 입었기 때문에, 학교와 학과를 나타내는 모자와 깃에 단
배지로만 구별할 수 있었다. 그러나 그들은 학과도 학교도

그리고 어느 지역 출신인지도 묻지 않았다. 모두가 마치 하나의 큰 가정에서 태어난 것처럼, 서로 반갑게 인사하고 도왔다.

다음 날 아침, 나는 서울 의학 전문학교 입구에 서 있었다. 학교는 서울의 동쪽에 자리잡았고, 서구식으로 된 여러 동의 건물로 이루어져 있었다. 학생들이 물결치듯 드나들고 있었는데, 그들은 모두 진남색 제복에 '의대'를 나타내는 금빛 배지를 달고 있었다. 그러나 신입생들은 지금까지 입던 평복을 그대로 입고 왔다. 조선 사람은 흰 옷을, 일본 사람은 검은 학생 옷을 입고 있었다. 나는 그들과 함께 사무실에 가서 학생증과 시간표, 제복과 모자에 다는 배지를 받았다.

화학 강의는 아주 훌륭했다. 내용 구성이 잘되어 있었고, 언제나 실험이 뒤따랐다. 생리학 강의는 별로 새로운 것이 없었다. 가장 중요한 해부학 강의도 화학 강의만 못했다. 바싹 여윈 담당 교수는 발음이 고르지 않았고, 어조에 강약이나 활기가 없었다. 그는 뼈를 손에 들고 평면과 심부와 융기를 일본어, 독일어, 라틴어로 설명했다. 그러나 말이 너무 빨라서 맨 앞줄에 앉은 학생들마저도 이해하지 못한 것 같았다. 그는 간간이 칠판에다 글씨를 썼는데, 그의 발음만큼이나 알아보기 힘들었다. 우리들은 차례차례 펜을 놓고, 괴로운 강의가 끝나 교수의 얼굴이 사라질 때까지 지루하게 앉아 있었다.

"아유, 바보 같으니라구."

몇몇 학생들이 투덜거렸다. 우리 중 가장 열심인 학생들 몇이 교탁에 올라가, 상자에서 뼛 조각을 꺼내어 자세히 관찰하며 교과서에 있는 그림과 비교해 보았다.

"우리도 저래야 하지 않을까?"

며칠 전부터 자주 나와 함께 앉은 옆자리 학생이 나에게 물었다.

"하고 싶으면 하는 거지 뭐."

이렇게 말하고, 나는 깨끗한 광대뼈 하나를 꺼내어서 그의 앞에 놓았다.

그는 만지지는 않고 한동안 보고만 있더니 말했다.

"이게 바로 사람의 뼈지!"

그는 한참 동안 뼈를 보고 난 후, 천천히 손으로 무게를 가늠해 보더니 다시 자기 앞에 놓았다.

"이상하다!"

그가 중얼거렸다.

"이것이 바로 우리 몸의 일부분인데 말이야."

우리는 뼈의 갈라진 틈, 움푹 팬 곳, 튀어나온 부분들을 자세히 살펴본 다음에, 공책에 적어 놓은 것을 고쳤다.

내 옆자리 학생은 조용하고 인정이 많은 친구로 북쪽 출신이었다. 그의 이름은 익원이었다.

우리는 서로의 강의 노트를 고치거나 보충해 주고, 공동 실험을 하기 위해 보통 짝이 되어 공부했다. 그래서 나중에는 서로 친해지기도 했다. 짝이 된 학생들은 수업이 끝난 후에도 함께 공부하기 위해 같은 집에서 하숙을 했다.

익원과 나는 좋은 하숙집에서 넓고 밝은 방을 함께 썼다. 우리는 저녁마다 함께 책을 읽고 토론했다. 어떤 때는 물리학을, 어떤 때는 화학을, 어떤 때는 해부학을 그리고 어떤 때는 일주일에 네 시간씩 듣는 독일어 문법을 공부했다. 독일어는 의학도에게 필수 과목이었다. 의학 서적의 대부분이 독일어로 쓰여 있었기 때문이었다. 잠자리에 누워서도 동사의 인칭 변화와 다른 품사의 변화를 연습하며 외웠다.

우리는 아침마다 함께 학교에 갔고, 집에 올 때에도 함께 와서 자정까지 같이 공부했다. 또 물건을 사러 갈 때에도 함께 갔고, 목욕도 함께하고, 극장 구경도 함께했다. 일요일이면 서울의 명소를 구경했다. 경복궁과 남산 공원, 동물원 등을 돌아보았고 한강에도 갔다. 익원은 서울에서 공부한 지 벌써 일 년이 지났기 때문에, 어디든지 잘 알고 있었다.

우리 학교는 조선의 최고 학부였다. 조선에 들르는 유명한 사람은 모두 우리 학교를 방문했다. 왕이나 유명한 정치인이 서울에 오면, 우리는 그들을 맞으러 정거장까지 행진해야 했다. 우리 학교는 일본 총독부 직속의 다른 학교와 마찬가지로 거의 군대식이었다. 우리는 강의나 실습을 자유로이 선택할 수 없었다. 아무도 특별한 이유 없이 무더운 칠월까지 계속되는 강의를 빠져서는 안 되었다.

마침내 학기의 마지막 날이 왔다. 우리는 교복을 벗어 던지고 무척 즐거워했다. 가을에도 함께 공부하기 위하여 우리 둘은 방학 동안에 무엇을 할 것인가를 상의하였다. 익원은 내가 광학

과목이 제일 뒤떨어져 있다고 했다. 그래서 나는 두툼한 물리책을 짐 속에 넣었다. 익원은 책상에 앉아서 물끄러미 나를 바라보았다. 그는 방학 동안에 고향에 내려가지 않고 서울에서 지내기로 했다. 부모님이 안 계셨기 때문이었다. 그는 일찍이 고아가 되어 어느 기독교 가정에서 양자로 자랐다. 그가 기독교 전문학교에 가지 않고 의학 전문학교에서 공부하기로 결심한 뒤로, 그 집에서는 그가 오는 것을 환영하지 않는다고 했다.

우리는 마지막 저녁을 시내 산책으로 보내기로 했다. 그것은 여태껏 해 보지 않은 일이었다. 창덕궁의 이끼 낀 담장을 따라서, 때로는 오르막길이 되고 때로는 내리막길이 되는 조용한 옛 길을 걸었다. 이 궁궐의 담장 안에는 왕족의 후예들이 수백 명에 달하는 시종과 시녀를 데리고 살고 있을 터였다. 그렇지만 이 길은 언제나 조용했다. 나는 이곳을 지날 때마다 발걸음을 멈추고 조용히 귀를 기울였다. 나는 왕족의 음성을 한 번이라도 듣고 싶었지만 소용없는 일이었다. 아무런 소리도, 아무런 말도, 심지어 발자국 소리도 새어 나오지 않았다. 저 자랑스러운 오백 년 왕조의 후손들은 여전히 조용했다.

우리는 궁궐 담이 끝나는 데까지 걸어 남쪽으로 향하는 큰길로 나왔다. 일본산이며 유럽산 사치품들이 진열장에서 환히 빛났다. 어디에서나 유럽 음악을 틀어 댔다. 바이올린과 피아노, 아코디언, 축음기의 소리가 들려왔다. 철도 호텔의 정원에서는 유럽 행진곡과 춤곡이 울려 나왔다. 우리는 고향에 있는 친구들에게 읽을거리 몇 권을 사다 주기 위해 서점에 들렀다.

돌아오는 길에 야시장이라는 데를 구경했다. 야시장은 도시 동쪽의 양쪽 도로에 섰다. 수많은 노점에서 낡고 싼 물건을 팔고 있었다. 표지가 누렇게 바랜 책, 푸르고 붉은 줄이 있는 종이, 그림, 부채, 담뱃대, 담뱃갑, 모자, 부인용 비단신 등 모두 낡고 먼지 묻은 것들로 동전 몇 푼이면 살 수 있었다. 낡았지만 고상한 비단옷을 입은 노인네들이 싸구려를 외치며 길 가는 사람들을 유혹했다. 그들은 아마도 지난날 어느 면이나 읍의 지체 높은 사람이었을 것이다. 그들은 재산과 권력마저 잃고서, 자식들의 굶주린 배를 달래 주기 위해 저녁마다 여기서 몇 푼의 동전을 벌고 있었다. 사람들은 값을 깎으려고 다투었다.

저쪽 끝 노점에는 가는 대나무로 만든 피리가 쌓여 있었다. 한 개에 동전 두 닢이었다. 익원은 서서 피리를 구경했다. 나는 익원에게 사지 말라고 말렸다. 피리를 만든 솜씨가 거칠어서 제대로 소리가 날 것 같지가 않아서였다. 그러나 그는 자기 뜻대로 사고 말았다. 그는 여태껏 악기를 만져 본 일이 없었기 때문에 아무거라도 괜찮다고 했다. 피리를 사서 혼자 외로울 때 민요를 불어 볼 거라고 했다. 나는 그 많은 피리 중에서 겉으로 보아 깨끗하고, 불어 봐서 소리가 괜찮은 것으로 한 개를 고르라고 했다. 익원이 하나를 사는 동안, 한 낯선 청년이 다가오더니 자기에게도 쓸 만한 것으로 하나 골라 달라고 청했다. 나는 그가 부탁한 대로 하나를 골라 주었다. 그러나 피리를 시험해 봐 달라는 사람은 이 청년만이 아니었다. 노인 한 분과 다른 두 사람이 더 왔고, 곧 우리 주위에는 피리 소리를 들으려고 많은 사람들이 둘러섰다. 나는 그다지 기분이 내키지 않아 군중을 뚫고 뛰쳐나가려고 했다. 그러자 피리 장수 노인이 달려오더니 나에게 전혀 다른 피리를 보여 주었다. 단단하고 골이 패인 대나무로 된, 잘 다듬어지고 부드러운 장식이 달린 진짜 예술가용 피리였다. 노인은 자기도 똑같은 것을 손에 쥐고 명령하는 듯한 말투로 함께 타령을 불어 보자고 말했다. 타령은 누구에게나 인기 있는 명곡이었다. 피리와 말투로 보건대, 아마도 이 노인은 이전에 음악 선생이나 왕실의 악사였던 것 같았다. 사람들이 유럽 음악만 배우기 때문에, 그는 이제 할 일이 없었던 것이다. 그는 고전 악기를 제대로 다룰 줄 아는 젊은 사람이 와서 자기와 다시 한번 명곡을 연주하게 된 것을 무척 기뻐했다. 그러나 나는 불기를 주저했다. 우리는 군중에 둘러싸여 야시장 한가운데 있었기 때문이었다. 익원은 옆에서 조용히 듣고 있었는데, 꽤 흥분이 됐는지 나에게 귓속말을 하였다. 교복도 입지 않았고 노인이 너무 기뻐하니까, 조용히 한번 불어 보라는 것이었다. 내가 천천히 피리를 입에 대자, 비단옷 차림의 그 노인도 같이 피리를 불기 시작했다. 주위가 갑자기 조용해졌다. 내가 흥이 나서 이리저리 발걸음을 옮기면서 한밤중에 고전 곡을 잇달아 불어 대는 동안에는 아무도 움직이지 않았다. 새 일본인 거리인 남쪽에서는 수많은 불빛이 반짝거렸고, 옛 조선인 지역인 북쪽은 어둠 속에 잠들어 있었다. 삼각산 위에는 우단처럼 검은 밤하늘이 펼쳐졌고, 창덕궁은 과거 속에 고요히 잠겨 들었다.

구학문과 신학문

익원은 나보다 훨씬 주의 깊게 철저히 공부했다. 나는 이미 첫 학기에 그것을 알았고, 나중에 더 잘 알게 되었다. 나는 매일 강의 내용을 빠짐없이 받아 쓰고, 그것을 어느 정도 이해하면 만족했다. 그러나 그는 신중히 생각하면서 명확하지 않은 점과 새로운 문제점들을 찾아냈다. 그래서 우리는 자주 이 책 저 책을 다시 살펴야 했고, 끝없이 토론했다. 익원은 모든 과목을 매우 진지하게 공부했다. 그중에서도 특히 물리와 화학에 관해 많이 생각하는 것 같았다. 그는 '에테르'나 '원소', '에너지' 같은 어려운 개념을 이해하려고 노력했다. 때로는 그가 저녁 내내 이 과목들을 공부하는 바람에, 자정쯤에야 비로소 생리학이나 해부학 등 다른 과목을 공부할 수 있었다.

그런 밤이면 우리는 허기가 져서, 밖에서 떡장수가 김이

무럭무럭 나는 떡을 사라고 외치며 골목을 지날 때까지 끈기
있게 기다렸다. 떡장수는 어느 골목 어느 집에서 학생들이
한밤중까지 공부하며 허기에 시달리고 있는지를 잘 알고
있었다. 떡장수 소리는 처음에는 멀리서 마치 모기가 윙윙대는
것처럼 들렸다. 그러다 점점 커져서는, 우리 집의 높이 달린
창문 밑에 와서 딱 멎었다. 우리는 그가 떡 상자를 내려놓고
뚜껑을 여는 소리를 들었다. 익원은 웃으면서 창문을 열고,
달콤한 소가 든 떡을 두 개 받았다. 떡장수의 노래하는 듯한
목소리가 밤 골목 사이로 멀어져 가는 동안, 우리는 다시 책상
앞으로 돌아왔다.

익원은 학술 서적 외에도 꽤 많은 책을 가지고 있었다.
대부분 일본어로 번역된 유럽 소설들이었는데, 나도 제목
정도는 알고 있는 것들이었다. 하루는 그 책들 중에서 철학책
몇 권을 발견했다. 그중에 "존재의 이론"이라는 제목의 책이
있었다. 나는 그 책을 꺼내 읽었다. 그날은 일요일이라 익원은
학교 친구를 만나러 나갔고, 나 혼자 집에 있었다. 나는 익원이
돌아올 때까지, 오후 내내 그 책을 흥미롭게 읽었다.

익원은 내가 그 책에 몰두해 있는 것을 보고 빙그레 웃었다.
그러더니 나에게 철학에 너무 몰두하지 않는 것이 좋다고 했다.
철학은 나를 전공 과목으로부터 멀어지게 할 우려가 있기
때문이라는 것이다. 그렇지 않아도 우리 동양 사람들은 너무
이론에 치우친다고 했다.

그러나 나는 그 책을 멀리할 수가 없었다. 내가 보기에 철학은

인간이 제기할 수 있는 문제 중에서 가장 심오한 문제를 다루고 있었다. 내가 애써 그것을 손에서 놓고 더 읽지 않으려고 결심해도 별 소용이 없었다. 계속 읽고 싶은 생각이 자꾸 드는 것을 어찌할 수 없었다. 익원이 경고했지만 나는 다음 날에도 계속 철학책을 읽었다.

"우리가 유럽에 비해 뒤떨어진 현대 학문은……."

어느 날 저녁, 익원이 말을 꺼냈다.

"철학적인 사고에서 생겨난 것이 아니고, 실질적인 자연 지식에서 생겨난 거야. 그것은 자연 과학에 있어서도 그렇고, 의학에 있어서도 그래. 우리 선조들은 항상 인간의 몸을 고전 철학에서 이해하려고 시도했어. 그와는 달리, 서양 연구가들은 대담하게 그것을 해부하여 내부 기관을 직접 눈으로 관찰했지. 그들은 골똘히 생각하거나 고민하지 않고, 어디에 심장이 있고 어디에 위가 있으며, 어디에 혈관과 신경이 연결되어 있는가를 직접 보았던 거야. 그들의 그러한 대담한 용기 덕분에, 우리는 마침내 옛날 것보다 몇 백 배 더 위대한 현대 의학을 얻게 된 거지."

전통적인 한의학에 관해서는 익원이나 나나 전혀 아는 바가 없었다. 한의학이 우리의 연구 분야에 속해 있었지만, 우리는 지금까지 한의학을 오랜 전통과 마찬가지로 모두 낡고 이제는 쓸모없는 것이라 여기고 전혀 거들떠보지 않았다. 우리는 옛날 한의사들이 어떻게 공부하였고, 한의학을 학문적으로 어떻게 구분하였는지 전혀 모르고 있었다. 우리는 한의사가 되려면

적어도 십 년은 공부해야 한다고 들었다. 그래서 귀밑머리가
세지 않은 한의사는 한 명도 없다고 했다.

그 무렵 다행스럽게도 아주 우연히 희귀한 책이 우리 손에
굴러 들어왔다. 익원이 한 친구를 방문했는데, 그 친구의 친척
아저씨가 한의사였다. 익원이 그 친구에게서 책을 빌려 왔던
것이다. 그 친구의 아저씨가 책을 불태웠는데, 그중 한 권을
빼내 보관해 두었던 귀중한 책이라고 했다. 어느 날 밤 우리는
조심스럽게 그 두툼한 책을 샅샅이 뒤졌다.

그 책은 분명히 해부학에 관해서 묘사하고 있었다. 책에는
사람의 몸을 여러 부분으로 나누어 먹으로 그린 그림들이 실려
있었다. 몸 전체에 많은 선과 점이 어지럽게 그려져 있었고,
복잡한 명칭이 적혀 있었다. 선들은 생명선인 것 같았다.
그러나 생명선의 흐름은 혈관과도 또 신경과도 일치하지
않았다. 마지막 장에는 먹으로 그린 몸 내부의 해부 그림이
몇 장 딸려 있었다. 내부 기관의 외형적인 형태가 마치
아무렇게나 그린 예술가의 스케치처럼 단순하고 조잡했다. 위나
심장의 모양은 우리 교과서의 그림과 똑같았다. 그런데 간을
그린 그림은 아주 놀라웠다. 일곱 개의 작은 엽으로 되어 있고,
그것은 왼쪽 폐에서 우리가 폐순환의 상징으로 생각하는
심장까지 연결되어 있었다.

우리는 이 졸렬한 해부학 그림을 보며 웃었다. 그러나 책의
저자가 직접 보지도 않고 이 정도로 정확하게 내부 기관을
그린 재주에는 놀라지 않을 수 없었다. 한의사들은 한 번도

해부를 해 보지 않았다. 그들은 다만 몸의 외부를 더듬어서
내부를 추측했을 뿐이었다.

　이 신통한 한의사들은 환자의 몸을 만지는 일도 거의 없었다.
그들은 환자의 등을 두드리거나, 내부 기관을 청진하지도
않았다. 다만 환자의 얼굴을 들여다보고, 환자의 이야기를
조심스럽게 듣고 나서 진맥을 했다. 그러고 나서 처방을 쓰면,
이 처방에 따라 조수가 약을 지었다. 조제실에는 필요한 모든
약초와 뿌리가 보관되어 있었고, 거기에서 한의사의 감시 아래
탕약과 환약, 고약 등이 제조되었다. 그 외의 다른 치료는
없었다. 한의사는 수술도 주사도 방사선도 알지 못했다. 다만
병에 따라 여러 곳에 침을 놓았다. 침은 생명선이 지나는 곳에
놓았다. 생명선이 방해를 받으면 병이 된다고 했다. 이렇게
단순한 기술을 배우는 데 그렇게 많은 시간이 걸렸을까?
인간 존재의 의의에 대해서 그렇게 오랫동안 철학적으로
생각했을까? 약초 연구에 그렇게 많은 시간을 투자했을까?

　우리는 이전에 한의학에 관한 책도, 사람 몸의 구조에 관한
책도, 질병에 관한 책도 본 적이 없었다. 그런 책은 책방에서도
살 수 없었는데, 그것은 한의사 개개인이 자기 책을 비밀
문서처럼 감추고 보았기 때문이었다.

　사람의 몸은, 특히 영혼이 몸에서 떠난 다음에는, 성스러운
것으로 간주되었다. 그래서 사람들은 시체를 땅에 묻어서
완벽하게 자연으로 돌아갈 수 있게 했다. 그렇게 함으로써

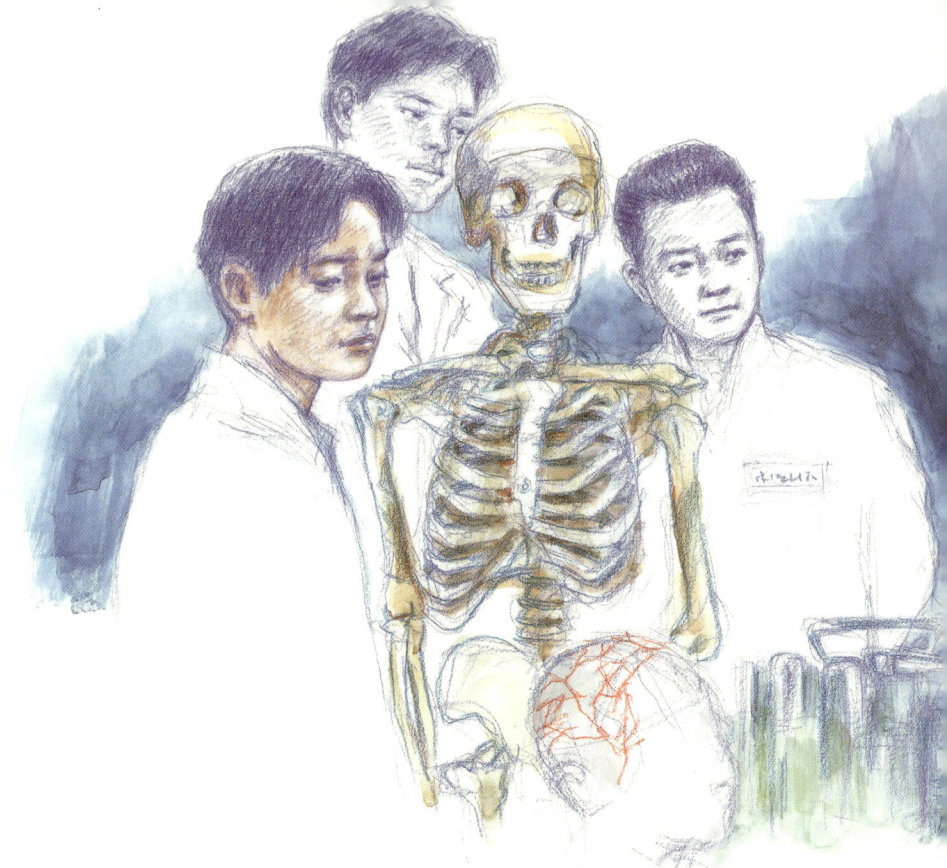

주위 사람들과 후손들에게 불행이 닥치지 않도록 했다. 따라서
비록 의사가 시체를 해부할지라도, 그것은 자연 법칙과 영혼에
대해 죄를 짓는 것으로 여겼다. 그래서 조선 사람만 다녔던 우리
대학의 초창기에는 학생들이 해부 실습을 거부했다는 사실도
이해할 수 있었다. 그들은 아마 현대 의학이 한의학보다 훨씬 더
발전했다고 생각하여 수업에 참여하면서도, 여전히 시체를
해부하는 것은 큰 죄악으로 여겼을 것이다.

　서구 문화가 처음 도입되었던 수십 년 전에는 그러했을
것이다. 이런 낡은 견해를 오래전부터 벗어 버린 우리 자신도
어느 겨울 오후, 처음으로 잿빛 해부실로 들어갔을 때에는

기분이 별로 좋지 않았다. 나와 익원은 다른 여섯 명과 함께
책상 쪽으로 천천히 걸어갔다. 책상 위에는 해부 실습 대상인
청년의 시체가 놓여 있었다. 얼마쯤 떨어져서 우리는 창백한
시체를 응시했다. 죽은 이는 대지의 그늘 속에 깊이 묻혀서 쉬는
대신에, 여기 철제 탁자 위에 누워서 알몸에 겨울 햇볕을 쬐고
있었다. 익원은 슬픈 표정으로 나를 바라보고 내 손을 잡았다.
　"향도 안 피우고!"
　그는 못마땅한 듯 중얼거렸다.
　교수가 들어와서 내장 기관의 위치를 살펴보라고 했다. 그는
시체 해부는 인간 권위에 대한 침범이 아니라고 설명했다.

오히려 지상에 남은 몸을 높은 학문의 제단에 바치는 것이기 때문에, 죽은 이에게 커다란 명예를 주는 것이라고 했다. 그는 우리 중 한 사람이 용감하게 나서서 갈비뼈 위 피부를 아래로 절개하라고 했다. 그러나 아무도 움직이지 않았다. 마침내 한 학생이 주저하면서 천천히 그의 의료 기구 상자를 꺼내어서 지시대로 했다. 그다음에는 다른 학생의 차례가 왔고, 우리는 복막 주름이 드러날 때까지 작업했다.

우리가 등불 아래에서 모든 기관을 보고 난 후, 집으로 돌아갈 때에는 이미 날이 어두워져 있었다. 집에 돌아와서 우리는 식사를 거부하고, 저녁 내내 말이 없었다. 무슨 말을 해야 할지 몰랐던 것이다. 우리 주위에 있는 모든 것, 학문과 철학, 자연과 인간의 삶, 그 모두가 무의미해 보였다. 학교에서 나올 때, 나는 뜨거운 물에 깨끗이 목욕을 하고 싶었다. 그러나 내 자신의 몸을 보고, 손으로 내 피부를 만진다는 게 겁이 났다. 나는 꼼짝도 않고 누워서, 오늘 오후에 있었던 무서운 광경을 잊으려고 애썼다. 익원은 한동안 책상 앞에 앉아 이 책 저 책을 뒤적거리더니 그만 내던져 버리고 이런 말들을 내뱉었다.

"소름 끼쳐."

"야만적이야!"

"끔찍해."

마침내 그는 흥분을 진정시킬 만한 책을 발견한 것 같았다. 그는 계속해서 읽기만 했다. 나는 어렴풋이 잠이 들었다 깨었다 하면서 그가 밤새 책을 읽는 것을 보았다.

"우리가 계속 의학 공부를 해야 할까?"
다음 날 아침에 그가 물었다.
"모르겠어."
나는 이렇게 대답했다.

이 별

3학년 때의 일이었다.

어느 날 오후, 안과학 수업이 끝나고 강의실을 나오는데 상규가 나를 붙들었다. 상규는 나하고 친한 학생이었다. 그는 나지막한 목소리로 내일 저녁에 중대한 회의가 있는데 남운 식당으로 오지 않겠느냐고 물었다. 나는 그러기로 약속하고, 무슨 일이냐고 물었다. 상규는 나를 으슥한 곳으로 데리고 가더니, 거의 속삭이듯 말했다. 그는 우리 전문학교의 많은 학생들에게서 주목할 만한 이야기를 들었는데, 그 문제에 대해 이야기해야 한다고 했다. 조선 민족은 곧 부당한 일본 정책에 대항해서 시위를 벌일 것이며, 모든 조선 학생들이 이에 가담할 것이라고 했다. 그러므로 우선 우리 학교의 믿을 만한 조선 학생들에게 우리도 그 일에 참가해야 할지를 물어보려는 것이라고 했다. 상규의 초대를 받은 익원도 매우 신중하게 생각하는 것 같았다. 그는 집으로 오면서 한 마디도 하지 않았다. 우리는 저녁 과제를 빨리 마친 다음, 우리 민족이 일본 정부에게 무엇을 요구할 것인가라는 문제를 놓고 토론했다. 선거권일까? 자국의 국방력일까? 자치권일까?

"어쨌든 정치에 관한 문제일 거야."

익원이 무뚝뚝하게 말했다.

"그건 분명해."

"우리가 가담한 사실이 당국에 알려지면, 처벌을 받는다는 걸 알고 있니?"

"물론 알고 있어."

"우리는 더욱 심하게 당할 거야. 정부가 직접 운영하는 학교에서 공부하고 있으니까. 학교에 고마운 마음을 갖고 있다면 정치적인 시위에 가담해서는 절대 안 된다는 거지."

이제 우리는 가담해야 할 것인가, 그렇지 않으면 방관해야 할 것인가 하는 큰 문제에 부닥뜨린 것이다. 우리는 어떤 대가도 요구하지 않고 우리를 높은 학문으로 인도해 준 이 학교에 감사했다. 우리는 국비로 명소를 구경했고, 유명한 학자며 성직자며 정치인들을 만났다.

익원은 오랫동안 입을 다물고 깊은 생각에 잠겼다.

"그래, 네 생각으로는 우리가 어떻게 하는 것이 좋겠니?"

그가 물었다.

"나도 모르겠어."

"그렇지만 민족 모두에게 관계되는 일이라면, 우리도 함께 행동해야지."

"물론 그래."

"그럼 네 의견은 어때?"

나는 잠자코 있었다.

"제기랄, 어쩌면 좋지?"

그는 중얼거렸다.

"어떤 경우에라도 우리는 같이 행동하자."

"그래, 그게 좋겠다."

이튿날 저녁, 우리는 남운 식당에 갔다. 그곳에는 열 명 정도의 학생들이 모여 있었다. 시위 준비는 이미 상당히 진행되었고, 국립 대학교 학생들만이 이 사실을 전혀 모르고 있다고 상규가 설명했다. 사람들이 우리를 '반왜놈'이라고 하면서 믿지 않기 때문이라고 했다. 모두가 긴장해서 그의 이야기에 귀를 기울였다. 우리는 참가하기로 결정했다. 아무도 반대하는 사람이 없었다. 그러나 어느 누구도 이 시위를 누가 먼저 일으켰으며, 어떻게 조직되었고, 일본 정부에 대해 무엇을 요구하는지 알지 못했다. 그럼에도 불구하고 모든 학생들은 참가하기를 원했다.

그런 다음에 우리는 오랫동안 우리의 유구한 문화와 우리 조상의 문화유산에 대해서 이야기하였다. 또 일본인들은 벼락출세한 얼간이일 뿐이라고 비난했다. 우리는 인쇄 활자, 거북선, 도자기, 한지 등 우리 조상들이 세계에서 가장 먼저 발명했던 여러 가지 발명품들에 대해서 이야기했다.

우리 중에서 성격이 가장 조용하고 생각이 깊은 익원이까지도 오랫동안 다른 사람들의 이야기를 듣고 난 다음에 이렇게 말했다.

"그래, 우리도 참여하자."

마치 우리 의학 전문학교 학생들이 마지막 장벽이었던 것처럼 보였다. 시위에 참여할 대중들은 목표를 향해 돌진하였다. 목표는 그리 멀리 있는 것 같지 않았다. 상규가 종종 우리에게 시위를 위해 새롭게 준비할 국기며 선전물, 행진 순서 등에 관한 소식을 전해 주었다. 마침내 그는 중요한 소식을 갖고 왔다. 삼월 초하루 오후 두 시에 첫 시위가 종로의 파고다 공원에서 시작된다는 것이었다.

그날은 따뜻하고 화창한, 정말 아름다운 봄날이었다. 내가 일어났을 때, 익원은 벌써 교복을 입고 있었다. 나는 며칠 전부터 전염성 피부염 때문에 강의에 나가지 않았고, 그날도 집에 있었다.

"정각에 공원으로 나와."

그가 손을 내밀면서 말했다.

"거기서 만날 수 있게 말이야. 같이 행진할 거야."

"그래, 알았어."

그는 방을 나가면서 빙그레 웃었다.

우리는 거의 잠을 자지 못했다. 나는 피로 때문에 몸이 납덩이같이 무거워 이불 속에 누워 있었는데, 일어나기가 몹시 어려웠다.

   오후 두 시쯤에 내가 공원에 갔을 때, 공원은 이미 경찰들에게
포위되어 있었다. 공원 안은 손바닥만 한 틈도 없이 사람들로
가득 차 있었다. 나는 불과 열 발자국도 더 걸을 수가 없었다.
게다가 익원과 다른 동료들도 근처에는 보이지가 않았다. 나는
담장 한구석에 서서 점점 더 많은 학생들이 공원 입구에서
몰려 들어오는 것을 보았다. 갑자기 무거운 정적이 흘렀고,
누군가가 조용한 가운데 연단에서 독립 선언서를 낭독했다.
나는 너무 멀리 떨어져 있어서, 내용을 제대로 알아들을 수가
없었다. 잠깐 동안 침묵이 흐르더니, 천지가 진동하는 듯한
'만세' 소리가 그칠 줄 모르고 계속되었다. 그 조그마한 공원이
진동하고 폭발할 것만 같았다. 공중에는 각양각색의 선전물이
휘날렸다. 군중들이 공원에서 쏟아져 나와 시가행진을 하였다.
우레와 같은 '만세' 소리가 터져 나왔고, 사방에서 선전물이
마구 날렸다.
   나도 선전문을 한 장 받아서 읽었다. 일본이 조선 민족을
합방한 것은 부당하며, 이것은 오늘부터 무효라고 쓰여 있었다.
그리고 조선인은 자유로운 민족으로서 자기 운명을 스스로
결정할 권리를 갖고 있으니, 그 권리를 돌려 달라고 요구했다.
나는 선언서를 몇 번이나 되풀이하여 읽고, 행진 대열에
참가했다. 공원 입구에서 누군가가 내 손에 선전물 한 뭉치를
안겨 주고는 명령하듯이 짧게 소리쳤다.

"뿌려라!"

길은 벌써 셀 수도 없이 많은 사람들로 인산인해를 이루었고,
놀라 멍하니 서 있던 사람들도 선전물에 손을 내밀었다.

"이제야!"

몇 사람이 부르짖었다.

"그래, 우리 학생들이여! 청년들이여!"

또 다른 몇 사람들이 외쳤다. 여자들은 목 놓아 울고,
부들부들 떨었다. 그러면서도 우리에게 마실 것과 먹을 것을
날라다 주었다.

경찰은 일절 개입하지 않고 있었다. 그들은 시내로 통하는
길을 완전히 개방하고 있었다. 중무장을 한 경찰들은 학생들이

어떤 폭력 행위를 할까 날카롭게 감시하면서, 관청 건물과
영사관을 에워싸고 있었다.

저녁때가 되어서야 비로소 우리는 제지당하고 있다는 것을
깨달았다. 행동반경은 점점 좁혀졌다. 우리가 이미 행진했던
구역은 경찰과 군인들에 의해 점령되었고, 우리는 점점 그들의
포위망에 갇히고 있었다. 프랑스 영사관 앞에서 자유 민족임을
거리낌없이 선언한 다음 총독부로 행진하려 했을 때, 우리는
완전히 포위당하고 말았다. 모든 도로의 양 옆에는 중무장한
경찰들이 있었고, 도로 한가운데에는 군인들이 넉 줄로 서
있었다. 양측은 잠시 동안 서로 어찌할 바를 몰라 대치하고
있었다. 그러는 사이에 앞줄에 선 군인들이 번쩍이는 장검을
뽑아 들고 군중을 향해 돌진하였다. 맨 앞줄의 군중들은
용감하게 대항하고 있는데, 뒤에서는 크게 놀라고 겁내는
바람에 전 대열이 후퇴하였다. 이리하여 우리는 패하고 말았다.
비탄과 흐느낌만 들려왔다. 군인들은 한순간에 우리를 한길로
몰아넣었고, 다른 부대가 우리를 맞아서 다시금 몰아냈다.

나는 무사히 집으로 돌아와서 곧 잠이 들었다. 내가 다시
일어났을 때에는 이미 날이 어두워져 있었다. 익원은 여태
돌아오지 않았다. 나는 깜짝 놀라 그를 찾으러 다시 나갔다.
바깥은 삼엄하였다. 길에는 사람의 그림자도 보이지 않았다.
길 양쪽에는 기관총을 든 군인들이 서 있었다. 검은 장갑차가
쉬지 않고 지나갔다.

나는 조심스럽게 이 골목 저 골목 친구들을 찾아다녔다.

그러나 아무도 익원이 어떻게 되었는지 알지 못했다. 나는
혹시나 해서 하숙집을 한 집 한 집 들러 보았다. 그러다가 어느
길 모퉁이에서 상규를 만났다. 상규도 상황 파악을 하러 다니고
있었다. 그는 거의 모든 친구를 만나 본 끝에, 익원을 비롯한
동료 다섯 명이 행방불명인 것을 확인했다고 했다.

자정이 지나서야 집으로 돌아왔으나, 방 안은 여전히 비어
있었다.

서서히 삭막한 밤이 지나갔다.

다음 날 아침, 상규는 익원과 다른 네 명의 친구가 가벼운
부상을 입고 감방에 갇혀 있다는 소식을 전해 주었다. 그러고는
감금된 친구들에게 식사를 갖다주려고 했다.

이 민족 봉기는 그동안 바람처럼 대도시에서 소도시를 거쳐
장터와 마을에까지 널리 퍼졌다. 고향에서는 기섭이와 만수가
다른 친구들과 함께 감옥에 들어갔다는 소식이 들려왔다.
대학생들과 중학생들 다음에는 상인들이 일어나기 시작했고,
그다음에는 노동자와 농민들이, 끝으로 조선인 관리들까지도
이 시위 운동에 참여했다. 총독부는 곤경에 빠졌고, 계속 일본
군대의 파견을 요청했다. 십 년 전에 우리나라가 합방될
때처럼, 군대는 낮이고 밤이고 행군했다. 곳곳에서 피를 흘리고
있었다. 주민의 대부분이 기독교인이었던 어느 마을에서는
전 주민이 교회에 갇혀서 산 채로 타 죽었다. 낡은 감옥과
유치장이 확장되고, 계속 새로 건축되었다. 경찰들은 밤낮으로
고문을 했다. 서울에 있는 대학생들은 네 번째 시위를 끝으로,

지하로 잠복하여 비밀 활동에 들어갔다. 나는 선전물을 만드는 일을 맡게 되었다.

일본 정부는 이 봉기를 군사적으로 진압한 후에, 하세가와 총독을 해임하고 그 후임으로 사이토 해군 제독을 조선에 보내어 사실상 화해 정책을 펴도록 했다. 그는 우선 세무원, 교사, 통역관, 의사를 막론하고 제복을 입고 장검을 차고 다니던 모든 관리들을 무장 해제시켰다. 민중에게 공포의 상징이었던 헌병이 해체되었고, 경찰의 고문도 금지되었다. 조선인의 봉급은 일본인과 동일하게 되었고, 언론의 자유가 선포되었다. 조선인 학교는 일본인 학교와 평등하게 되었고, 서울에 제국 대학을 창설하였다.

화해 행위로 보이는 이런 정책과는 반대로, 3·1 운동에 가담했던 사람들은 중형에 처해졌다. 재판소는 '폭도'를 구형하기에 바빴고, 경찰은 운동의 모든 참가자를 적발하고 체포하는 데 혈안이 되었다. 쫓기는 사람들은 외국으로 도망쳤다. 나 역시 학생복을 벗고 고향으로 내려갔다.

불안한 이 기간 동안에, 나는 어머니에게 서울에서 무슨 일이 일어났는지 암시적으로 몇 번 알려 드렸다. 그 때문에 어머니는 몹시 걱정을 하셨다. 내가 직접 경험하고 행동했던 모든 일들을 어머니에게 샅샅이 이야기하자, 어머니는 새파랗게 질리셨다. 어머니는 잠자코 방에서 나가셨다.

나는 깊은 잠에 빠졌다. 지난 한 달 동안 밤에 거의 잠을 잘 수가 없었기 때문에 나는 몹시 피곤했다.

저녁에 어머니가 내 방에 오셨다.

"너는 지금 당장 도망쳐야만 한다."

어머니가 말씀하셨다.

"도망이라니요?"

나는 무슨 뜻인지 모르고 그냥 되물었다. 곰곰이 생각할
겨를이 없었다. 너무 지쳤기 때문이었다.

"그래, 너는 도망쳐야 한다."

어머니는 거듭 말씀하셨다.

"국경인 압록강 상류는 아직 그리 경계가 심하지 않다는 말을
들었다. 그곳에 가면 아직 북쪽으로 도망칠 수 있을 게다."

나는 잠자코 있었다. 나는 도망칠 용기가 나지 않았다. 수많은
학생들이 도망치다가 붙잡히고, 또 사살당했다는 소식을 들었기
때문이었다.

그렇지만 어머니는 그다지 위험하게 생각하지 않으신 것
같았다. 이미 많은 학생들이 국경을 넘어 더 멀리 가는 데
성공했다는 것이었다. 나도 그렇게 해서 국경을 넘고, 공부를
계속하기 위해 어디선가 여권을 만들어 유럽으로 가야 한다고
하셨다.

유럽이라는 단어 자체는 나에게 전혀 용기를 불러일으키지
못했다. 나는 유럽에서 공부를 한다는 것이 모든 면에서 얼마나
어려우며, 또 언어 한 가지만 해도 아시아 사람에게는 극복할 수
없는 장애물이라는 것을 알고 있었다.

그러나 어머니는 계속해서 나를 설득하셨다. 결국 나는 계속 불안하게 어머니 곁에서 지내는 것보다는, 차라리 도망치는 것이 어머니의 걱정을 덜어 드리는 것이라고 생각했다. 나는 이 시위에 참여한 것을 후회할 지경에까지 이르렀다.

다음 날 저녁, 나는 작별을 해야만 했다. 어머니는 내가 집에 더 이상 머물지 않기를 바라셨다. 내가 국경을 넘을 때까지는 아무도 나의 출발을 알지 못했다.

어머니는 나에게 자그마한 버드나무 고리를 주셨는데, 그 속에는 가벼운 양복과 줄이 달린 은시계와 돈 보따리가 들어 있었다. 그것이 내가 어릴 때부터 그토록 꿈꾸었던 다른 세계로 여행 갈 때 가져갈 수 있는 전 재산이었다. 어머니는 안개와 어둠을 무릅쓰고 나와, 마을에서 나가는 길 멀리까지 나를 바래다주셨다.

"넌 겁쟁이가 아니란다."

내내 말없이 길을 가다가, 어머니가 말씀하셨다.

"너는 때로 낙심하는 일이 있었지. 그래도 너는 네 일에 성실했다. 나는 너를 크게 믿고 있단다. 용기를 내거라. 너라면 쉽게 국경을 넘고, 결국에는 유럽에 도착할 수 있을 게다. 내 걱정은 하지 말아라. 네가 다시 돌아올 때까지 조용히 기다리마. 세월은 정말 빨리 간단다. 우리가 다시 만나지 못하더라도, 너무 슬프게 생각하지 말아라. 너는 나에게 정말로 많은 기쁨을 주었단다. 자, 애야! 이제는 혼자서 네 길을 가거라!"

압록강은 흐른다

　나는 중국과 국경을 이루는 거대한 강 근처에 있었다. 곳곳에
사람의 키만큼이나 자란 갈대가 있었고, 밭이나 논은 거의
없었다. 그래서 점점 더 나아가기가 어려웠다. 이른 아침부터
밤늦게까지 무장한 군인들이 순찰을 돌았고, 이따금씩 총성이
울렸다. 특히 도망자가 많을 것으로 예상되는 밤 시간에 총성이
더욱 잦았다. 나는 아주 조심스레 농부인지 어부인지 알 수 없는
사람의 안내에 따라, 가장 가까운 마을의 가장 가까운 집으로
갔다. 그 집은 사공의 자그마한 오두막집이었다. 나는 거기에
숨어서, 사공이 강을 건네줄 때까지 기다려야 했다.
　다음 날 밤에 다른 학생 둘이 그 오두막집에 왔는데, 그들도
나처럼 강을 건너려고 했다. 그들은 나보다 더 어려 보였다.
그중 얼굴이 창백하고 겁에 질린 듯한 학생은 열일곱 살도

안 된 것 같았다. 그는 도망치려고 했던 것을 후회하는 것같이,
말없이 앉아서 줄곧 앞만 바라보고 있었다.

　사흘째 되는 날 밤에야 나이 많은 사공이 나타나서 자기를
따라오라고 말했다. 달빛이 밝아서 쉽게 발각될 것 같기에
우리는 떠나기를 주저했다. 그러나 사공은 오히려 달빛이
밝을 때에 국경 감시가 그리 심하지 않다고 했다. 우리는 그를
믿고, 갈대밭 사이에 있는 거의 알아볼 수 없는 길을 따라갔다.
그렇게 한 시간 이상 가다 보니 작은 숲에 이르렀다. 거기서
사공이 짧게 휘파람을 불었다. 저쪽 덤불 속에서도 비슷한
휘파람 소리가 들려왔다. 그러자 두 남자가 나타났다. 우리는
한동안 갈대를 헤치고 가서 마침내 강기슭에 이르게 되었다.

거기서 우리는 소스라치게 놀랐다. 강은 하구에 가까워지면서
더 이상 강이 아니라 마치 바다처럼 끝없이 넓었다.

　우리가 꼼짝도 않고 서 있는 동안, 사공들끼리 한참 동안
속삭이더니 말없이 조그마한 통나무배를 뗏목에서 풀었다.
그 배는 어찌나 작은지 두 사람이 간신히 앉을 수 있었다.
그들은 우리를 한 사람씩 통나무배에 태웠다. 우리는 차례로
강기슭을 떠나 거대한 물결을 헤치고 나갔다. 너무나도 조용히
그 거대한 물결을 헤치고 나아가다 보니, 나 자신이 마치 영원
속으로 사라져 가는 것 같았다. 강 한복판에 이르렀을 때,
멀리서 몇 방의 총소리가 들렸다. 나와 함께 탄 사공은
웃으면서 잠자코 있으라고 손짓을 했다. 나중에야 그것이
때때로 철교 위에서 경고삼아 쏘는 총성일 거라고 알려 주었다.
아무도 반짝이는 수면 위의 우리를 발견할 수 없었을 것이다.

　우리가 강 건너편에 이르렀을 때는 이미 한밤중이었다.
사공들은 우리에게 가장 가까운 중국 국경 도시까지 가는 길을
일러 주었다. 세 시간 정도 걸리는 거리였다. 그러고는 간단히
작별 인사를 나누고 그들은 떠났다. 우리는 잠시 동안 우두커니
서서 통나무배 세 척이 천천히 고향 쪽으로 되돌아가는 것을
바라보았다. 그리고 묵묵히 난생 처음으로 중국의 자갈길을
걷기 시작했다.

　우리는 꽤 오랫동안 찾아 헤매고서야 소개받았던 조선
사람이 하는 작은 여관을 발견했다. 날은 이미 훤히 밝았다.
우리는 그곳에 들어가자마자 곧 잠이 들었다.

그날 오후에 우리는 헤어졌다. 나와 함께 갔던 두 학생 중에 나이 어린 학생은 장춘으로, 나이 많은 학생은 심양으로 떠났다.

나는 생전 처음 보는 중국의 거리를 걸었다. 좁은 거리에는 사람들이 가득했고, 금색으로 쓰인 간판이 많았는데도 도시가 우중충해 보였다. 집들이 깨끗하지 않고, 사람들이 푸르스름한 빛깔의 옷을 입고 있어서 그런 것 같았다. 거리는 우리나라보다 생기가 돌고 소란스러웠다. 어디를 가나 내게는 낯설기만 했다.

나는 도시를 떠나 언덕에 올라갔다. 다시 한번 압록강을 보기 위해서였다. 강은 저녁 노을 속에서 모래사장 위를 고요히 흐르고 있었다. 강은 언덕 사이에서 좁아져서 그 폭이 오백 미터도 안 되는 것 같았다. 맞은편 언덕에 있는 사람들의 얼굴을 알아볼 수 있을 정도였다. 사람들은 그물을 널고 있었다. 부인들과 젊은 여자들은 저녁밥을 지으려는지 집 앞에 앉아서 콩 껍질을 까고 있었다. 아이들은 장난치며 씨름을 하고 있었다.

국경의 강은 쉬지 않고 흘렀다. 오랜 옛날부터 우리 고국과 이 광활한 만주 벌판을 떼어 놓고 있는 강이었다. 이쪽은 모든 것이 크고 우중충하고 진지했으나, 저쪽은 모든 것이 작고 밝아 보였다. 초가집들이 언덕 여기저기에 흩어져 있었다. 굴뚝에서는 벌써 저녁 연기가 솟아올랐다. 저 멀리 맑은 가을 하늘 아래에 산들이 잇달아 늘어서 있었다. 햇빛에 빛나던 산들은 저물녘의 아름다운 빛에 물들었다가 서서히 푸른 안개 속으로 사라져 갔다. 나는 먼 남쪽 수양산의 골짜기와 냇물을 바라보는 듯했고, 어릴 때 저녁마다 장엄한 음악을 들었던

이층 누각이 눈에 선했다. 마치 남쪽에서 들려오는 그 장엄한
소리를 듣고 있는 것 같았다.

　압록강은 끝없이 흐르고 있었다. 날이 어두워졌다. 나는
언덕에서 내려와 역으로 걸어갔다.

　음울한 하늘이 끝없는 평야 위를 덮고 있었다. 그 평야를
가로질러 내가 탄 기차가 북쪽을 향해 달렸다.

　고향에서 산과 언덕, 계곡과 골짜기만 보았던 나는 이 드넓은
평야에 그만 놀라고 말았다. 광활한 평야에 대한 이야기를 들을
때도 언덕진 것을 떠올렸지, 이렇게 평평하리라고는 상상조차
못 했다. 높은 곳도 없고 움푹 들어간 곳도 없이, 그저 평평하고
또 평평했다. 어디선가 폭풍이 일어나 두꺼운 먼지구름이
몰려왔다. 옛날에 몽고와 만주의 기마 군단이 이곳으로 어떻게
밀어닥쳤는지 상상이 되었다. 남쪽 하늘이 다시 개고, 창백한
달빛이 벌판을 비추었다.

　만주의 수도인 심양도 이처럼 광활한 평야에 자리잡고
있었기 때문에, 그 육중한 성벽은 공포감을 느끼게 했다. 중앙
아시아에서 불어오는 폭풍과 몽고 사막에서 날아오는 먼지에
둘러싸인 그 성은 한때 전 아시아로 뻗어 나갔던 만주 세력의
본거지였다. 나는 마차를 타고 도시로 가서 장작림 장군의
궁성을 둘러보았다. 예전에는 마적이었던 장군이 지금은
이 만주 지방을 자기 나름의 구식 제도로 다스리고 있었다.
성벽 밖에 있는 처형장의 광경은 정말 무서웠다. 그 주변에는

처형당한 자들의 묘가 즐비했다. 묘 앞에는 비와 먼지로 얼룩진 나무판에 이름과 나이와 직업이 적혀 있었다. 벌판 한가운데에 끔찍한 처형이 집행되었던 커다란 정자가 세워져 있었다.

심양의 기차역에는 대합실이 없었다. 넓은 하늘 아래 황색 차량이 한낮의 뜨거운 햇빛을 받으며 서 있었다. 그 기차가 나를 북경으로 실어다 줄 것이었다. 기차는 곧 만원이 되었고, 좀처럼 떠나지 못하는 기차가 빨리 출발하기를 모두 기다리고 있었다. 이미 가을이 한창인 때인데도, 날이 무더워 점점 견딜 수 없게 되었다. 기차는 예정보다 한 시간이나 늦게 출발하였다. 드디어 급행열차가 출발하자 승객들은 안도의 숨을 내쉬었다. 기차는 곧 예상치 않았던 속력을 내기 시작했다. 우리는 푸른 하늘 아래, 옛날에는 중국과 만주 사이의 비무장 지대였던 칠백 마일 폭의 광활한 요동 평야를 통과했다. 들판과 집들과 묘지들이 빠르게 우리 앞을 스쳐 갔다. 가까이에서 항만이 나타나기도 했고, 멀리에서 산봉우리와 산맥 들이 솟아오르기도 했다. 기차는 계속해서 저 오랜 역사의 중국 대륙을 달렸다.

저녁이 되었다. 좁은 의자에서나마 몸을 펼 수 있는 사람들은 한 사람씩 잠이 들기 시작했다. 그리고 한 사람씩 코를 골기 시작했다. 그동안에도 기차는 발해만을 따라 쉬지 않고 서쪽으로 달렸다. 한밤중에 달이 떠올라 어두운 객차 안을 비추었다.

내가 잠깐 동안의 깊은 잠에서 깨었을 때, 기차는 정차해 있었다. 내 옆에 앉았던 사람은 꼼짝도 하지 않고 창밖을

내다보고 있었다. 나도 그의 시선을 따라가 보았다. 밖은 아직
희미한 새벽 어스름에 휩싸여 있었다. 푸르게 빛나는 산이
하늘로 높이 솟아 있었고, 그 위에는 엷은 잿빛 성벽이 하늘에
닿을 듯이 서 있었다. 그것이 바로 이천 년 전에 진시황제가
쌓게 한 만리장성이라는 것을 알았을 때, 나는 심한 전율을
느꼈다. 그리고 보니 내가 역사책에서 배운 것은 결코 전설이
아니었다. 이미 이천 년 전에 찬란하게 번영했던 이 나라를
침범하려는 야만족을 막기 위하여, 돌멩이를 하나씩 실제로
산꼭대기까지 짊어지고 올라가 요새를 만들었던 것이다.
지금 내 눈앞에 사람들이 일하는 모습이 보이는 것 같았다.
긴 역사를 자랑하는 이 만리장성은 푸른 하늘을 배경으로 점점
밝게 빛났다.
　　우리는 중국과 만주의 국경 도시인 산해관에 도착했다.
관리들이 여행자들의 모든 짐을 다 조사할 때까지 거의
한나절이 걸렸다. 중국 사람들은 모두 자기 짐을 푸는 것을
거절하고, 그냥 그 속에 들어 있는 물건만을 이야기했다.
관리들은 참을성 있게 이야기를 다 듣고 난 뒤, 그래도 짐을
풀어 보아야겠다고 다시 말했다.
　"도대체 왜 그러는 겁니까?"
　한 여행객이 물었다.
　"그 속에 아편이 들어 있는지 봐야 합니다."
　"전혀 없습니다."
　다른 중국인이 또 한 번 말하고는 빙그레 웃었다.

"그렇지만 짐 내용을 직접 봐야만 하겠습니다."

관리도 웃으면서 말했다.

"새 규정입니다."

관리들이 우리 객차에서 떠날 때까지, 모든 승객은 이 과정을 거쳐야 했다. 우리는 마침내 안도의 숨을 내쉬었다. 열차는 천천히 움직여 긴 플랫폼을 지나 동방의 다른 민족의 문지방을 조심스럽게 넘어섰다. 거대한 만리장성이 우리를 둘러싸고 있었다.

나는 천진에서 북경 쪽으로 가지 않고, 시간을 아끼기 위해 남경행 기차를 탔다. 북경 역시 볼 만한 도시이지만, 중국 민족보다는 타타르 민족의 기질이 더 강한 북쪽의 그 도시가 그다지 보고 싶은 생각이 나지 않았다.

남쪽으로 가는 도중에 진기한 풍경을 보았다. 붉은색과 갈색 돛을 달고, 따뜻한 가을 하늘 아래 무르익은 곡식밭 사이를 지나가는 수많은 돛배들이었다. 그것은 바로 수나라의 향락적인 황제가 제국의 남쪽으로 항해하기 위해 만든 삼천리 대운하였다.

그 황제의 배를 세상에서 제일 아름다운 미녀들이 비단 밧줄로 햇빛 아래서는 천천히, 달빛 아래서는 더욱 천천히 끌었다고 한다. 그 황제는 아마도 자기보다 이천 년 전쯤에 한 위인이 이 벌판을 돌아다니면서 인류에게 사치와 방탕을 경고한 사실을 잊었던 모양이었다. 기차는 성인 공자가 탄생한 노나라인 지금의 산동성 지방을 달렸다. 중국 사람들이 오늘날

이 세상에서 가장 부지런하고 평화스러우며, 분수에 만족하고
사는 것은 그의 가르침 덕분이었다. 나는 얼마나 공자의 묘소가
순례하고 싶었는지 몰랐다. 그의 묘에 참배하고, 적어도 그가
어떤 길을 걸었는지 알고 싶었다. 그러나 나는 기차에 머물러서,
공자가 한 번쯤 머물렀을지도 모를 마을들을 그저 바라보았다.
풍요로운 가을 하늘 아래, 숲에 가린 회색 지붕들과 누런
곡식들, 크고 작은 나무들이 들어선 자그마한 언덕이 펼쳐져
있었다.

　다음 날 저녁, 기차에서 내릴 때는 아주 어두웠다. 모든
사람들이 기차에서 내렸다. 나는 우리가 어디에 와 있고, 또
어디로 가는 차를 바꾸어 타야 하는지도 모른 채, 그들을 따라
내렸다. 갑작스레 잠이 깼기 때문에 정신이 어리벙벙했다.
우리는 한 사람씩 좁은 통로를 지났다. 얼마 후에 검게 빛나는
평평한 곳에 다다랐는데, 그곳은 끝도 없이 펼쳐진 물이었다.
배에서 흘러나오는 셀 수 없이 많은 작은 불빛들이 어둠 속에서
물 위에 흐르고 있었다. 나는 까닭 모를 전율을 느꼈다. 나는
주저하면서 높은 건물을 돌아 부두로 가서, 크고 빛나는
아치형의 현판에서 '양자강'이라는 글자를 읽었다. 역사도
오랜 그 양자강!

　자그마한 배가 한 척씩 많은 여행객을 태우고 흔들리며
어두운 강으로 나와, 남경을 향해 노를 저어 갔다. 배 밑에서는
여러 계곡에서 흘러 내려온 물이 출렁거리고 있었다. 숱한
시인들이 이 강을 노래했다. 이 강물은 오미산 아래의 평야에서,

적벽에서, 치산에서, 저 동정호에서 흘러 내려왔다. 그처럼 자주 동정호에 관해서, 강남에 관해서 이야기하던 내 누나들이 이 태고의 물 위에 내가 탄 배가 떠 있는 것을 상상이나 할 수 있을까? 그토록 나를 위해 주던 어머니는 당신의 가장 사랑하는 아들이 지금 어디에 있는지 알고 계실까? 그리고 그처럼 소동파를 좋아하며 가끔 이야기를 하던 아버지는 이미 잠드신 지 오래고, 지금은 대지에 누워 계시지 않은가. 모든 것이 고요한데 어둠 속에서 뱃전에 출렁이는 물소리만이 들렸다.

내가 탄 역마차는 수많은 목재가 깔리고 천장이 있는 도로를 지나서 어느 여관에 도착했다.

다음 날, 우연히도 같은 여관에 묵고 있는 고국 사람이 남경의 갖가지 구경거리를 안내해 주었다. 북쪽 도시에 비하면 이곳은 모든 것이 섬세하고 경쾌했다. 이중 삼중으로 육중한 심양의 성벽 대신에, 이곳에는 운하와 수양버들이 있었다. 북쪽에서는 건장한 군인들이 무기를 들고 순시하는 데 반해, 여기에선 맵시 있는 부인네들이 배를 저었다. 가느다란 창살이 달린 집들, 날씬하게 치켜 올라간 지붕들, 운하에 걸려 있는 나무다리들은 물과 조화를 이루며 푸르게 빛났다.

오후에는 마차를 타고 명나라 태조의 묘를 구경하러 시외로 나갔다. 이 황제는 약 오백 년 전에 중국을 다스렸고, 원 제국이 파괴한 이전의 제국을 재건했다. 처음에 그는 걸식을 하는 중이었고, 그의 초기 신봉자들 역시 걸인이었다. 그러나 그 중은

걸인이면서도 가슴속에 웅대한 뜻을 품고 있었고, 눈에서는
현자마저 놀라게 하는 초인적인 광채를 발하고 있었다.

우리 전설에 의하면, 그 거지 중은 조선의 황해도 태생이라고
했다. 작은 나라 조선은 언제나 가능한 한 모든 것을 자기
것으로 만들려고 했다. 그래서 그 중은 전 한반도를 돌고 나서
만주로 갔다. 그곳에서 그는 가슴속에 거대한 야망을 품고
중국으로 향하는 이성계를 만났다. 이 두 젊은이는 노파 혼자
사는 작은 집에서 하룻밤을 지냈다. 노파는 떡과 술로 두 사람을
대접했다. 이 노파는 매우 귀한 술잔 두 개를 가지고 있었다.
하나는 금으로 된 것이고, 다른 하나는 은으로 된 것이었다.
스스로 장래의 지배자라고 자신만만하게 믿고 있던 이성계는,
노파가 금잔은 자기에게 주고 은잔은 거지 중에게 주리라고
생각했다. 그러나 노파는 그 반대로 했다. 이성계는 자기의
불만을 표시하지 않았다. 위대한 사람이 사소한 일 때문에
쓸데없이 무슨 말을 할 것인가? 다음 날 아침에 두 사람이
노파에게 인사를 하고 길을 떠나려고 하자, 노파는 이성계의
소매를 잡고 이렇게 말했다.

"저 사람 혼자서 중국으로 가게 해라. 너의 길은 동방에
있다."

그 순간 중은 이성계와 작별하고 돌아서려 했다. 그때
이성계는 그의 눈에서 초인적인 광채를 보았다. 결국 이성계는
조선으로 돌아와 이씨 왕조를 세웠다. 그리고 같은 시기에
중국에서는 명 왕조가 시작되었다는 소식을 들었다.

두 개의 거대한 호랑이 석상 앞에 도착하는 데 한 시간이
넘게 걸렸다. 석상으로 둘러싸인 급경사가 진 길을 천천히
올라가서, 여러 개의 대문과 마당을 지나 마치 산처럼 앞을
가로막고 있는 둥그스름한 언덕에 이르렀다. 옛날에 거지
중이었던 이의 볼품없는 묘가 거기에 있었다.

저녁 노을이 질 무렵, 하늘을 찌를 듯한 대나무 숲을 뚫고
시내로 돌아왔다. 시원한 바람에 기분이 상쾌했다. 오는 길에
우리는 젊은 남녀를 만났다. 그들과 이야기를 주고받으며
노래하고 산책했다. 돌멩이마다 수천 년의 역사를 말해 주는
듯한 남경의 땅은 얼마나 아름다웠던가! 버들가지도 새소리도
산들바람도 식당도, 모두 친숙하게 느껴졌다.

저녁에 우리는 녹색과 금색으로 단장된, 그리 크지 않은
방에서 술을 마셨다. 우리는 술을 마시면서 내 고향 사람들이
잘 알고 있는 남경의 명소와 중국 사람의 생활에 관해서 계속
이야기했다. 그 남자는 이곳에서 공부한 후에, 이웃 도시에서
교사 생활을 하면서 살고 있었다. 우리는 자정이 지나서야
작별을 했다. 나는 푸른색 놋침대가 있는 위층의 작은 방으로
올라갔다. 화장대와 흰 장롱과 수놓은 양산이 좁은 방 안을 가득
채우고 있었다.

출항

나는 상해에 도착하는 즉시, 조선 해외 유학생 상담원을
찾아가 유럽으로 가고 싶다고 이야기했다. 말투로 보아 그는
우리나라의 북쪽 지방 사람 같았고, 마음씨 좋게 생긴 중년의
신사였다. 그는 내 출생지와 학력, 가족 관계를 묻고 나서,
중국 정부로부터 여권을 구하는 데 최선을 다하겠다고
약속했다. 다만 참을성 있게 기다려야 한다고 했다. 중국인들은
대체로 친절하지만, 일할 때 서두르지 않아 오래 걸린다고 했다.
정말 시간이 너무 오래 걸렸다.
아름다운 가을철도 한 주일씩 지나가 버리고, 비가 내리기
시작했다. 우기로 접어든 것 같았다. 아침부터 저녁까지 매일
가랑비가 내렸다. 공기는 점점 더 싸늘해졌고, 나는 방에서 덜덜
떨었다. 우리나라에서처럼 방바닥에 불을 때지도 않았고,

화로나 난로도 없었다. 그래서 비가 내리는데도 불구하고, 나는
종종 가까운 시내 주변을 산책하려고 집을 나섰다. 그러나
도시가 워낙 커서 가장 가까운 들판까지 가는 데도 한 시간
이상이 걸렸다. 여기도 심양처럼 평지였다. 언덕도 없고 개울도
없었다. 만주에서와 같은 폭풍도 일지 않았다. 가느다란
빗방울이 회백색 하늘에서 내려와 검게 포장된 도로 위에
떨어졌다. 저녁때에야 서쪽 하늘이 조금 밝아지고 불그스름한
노을이 스며드는 듯하더니, 곧 축축한 어스름 속으로 사라졌다.
넓은 들판 위로 빠르게 안개가 퍼져서 나무와 숲을 감싸고,
나중에는 길까지 알아볼 수 없게 되었다. 어찌 된 셈인지 들판의
조그마한 돌무더기에 있는 검게 옻칠한 관만이 안개에 묻히지
않고 유령처럼 떠도는 것 같았다. 그러고는 다시 비가 내렸다.

어느 날 저녁, 가끔 나와 같은 식당에서 식사를 하는 조선
사람으로부터 여기에 나말고도 여권이 없어서 유럽으로 떠나지
못하는 학생들이 여러 명 있다는 얘기를 들었다. 실제로 나처럼
방에 외롭게 앉아서 여권을 받을 행운만 기다리고 있는 조선
학생 네 명을 하나씩 알게 되었다. 그들은 지난 여름부터
이곳에 와 있었고, 프랑스로 가서 공부를 계속하고자 했다. 반 년
이상이나 기다려도 여권이 나오지 않았기 때문에, 그들은
용기를 잃고 유럽으로 갈 수 있다는 희망을 거의 포기한
상태였다. 그렇지만 이곳에 머물면서 더 기다리는 것 외에는
다른 방법이 없었다. 그들은 매일 밤 모여서, 담배를 피우고
장기를 두고 몸을 녹이려고 술을 마셨다. 그리고 책을 읽고
알게 된 프랑스 사람의 생활에 대해서 종종 이야기를 나누었다.
그들 중의 봉근(안중근 의사의 사촌)이라는 사람은 아주 어렸을
때 프랑스에 가 본 적이 있다고 했다. 그는 또 독일의 몇몇
도시를 알고 있어서, 우리가 유럽으로 여행을 떠나게 된다면
나를 독일에 데려다주겠다고 약속했다. 그러나 우리는 여전히
우중충한 '파우강 거리'에 앉아서 장기를 두며 추위에 떨고
지냈다. 우리의 사기는 나날이 떨어졌다.

　겨울이 지나가고 봄이 되었다. 큰 여객선들은 차례로 항구를
떠나 서양으로 항해했다. 그리고 마침내 우리에게 기쁨의 날이
왔다. 우리는 모두 여권을 받고, 여행 준비를 하느라고
떠들썩했다. 밤낮으로 물건을 사고, 짐을 꾸리고, 도움말을
들으러 다녔다.

　차를 타고 항구로 향하는 길에는 흐린 햇빛이 비추고 있었다.
우리는 수많은 사람을 끄떡없이 받아들이는 거대한 여객선을
잠시 동안 말없이 바라보았다. 우리는 다른 사람들 틈에 끼여
거의 끝이 보이지 않는 경사진 계단을 올라갔다. 그리고 수없이
많은 통로를 지나, 마침내 공동 선실이 있는 갑판에 도달했다.

사람들은 끊임없이 고함을 지르면서 여기저기 뛰어다니고
있었다. 손을 흔들며 울고 웃기도 했다.

　낮은 고동 소리가 울리더니, 커다란 배가 천천히 바다를 향해
뱃머리를 돌렸다. 부두에서는 긴 여행이 무사히 끝나기를
기원하는 불꽃을 쏘아 올렸다. 손을 흔드는 사람들과 부두와
집들이 천천히 일직선으로 오므라들더니 시야에서 사라졌다.
배는 또 한 번 기적을 울리며 양자강 입구를 떠나 험한 파도를
타고 항해하기 시작했다. 하늘은 누렇고 어두웠다.

　배는 바람과 가랑비를 맞으며 가볍게 흔들리면서 남쪽으로
항해해 갔다. 저녁때 나는 송 왕조의 비극적인 종말을 떠올렸다.
전쟁에 차례차례 패하면서 화려한 제국은 몽고의 말발굽에
짓밟혔다. 쇠약해진 황실은 이 궁전에서 저 궁전으로 도망을
다니다가, 결국에는 이 바다로 나오고 말았다. 그러나
무자비한 몽고 장군은 계속 추격하여 황제의 배에까지
접근했다. 그 배에는 공포에 떨고 있던 열두 살 난 세자와
찬란했던 송 왕조 최후의 신하인 재상만 남아 있었다. 재상은
꼼짝 않고 앉아서 떨어지는 해를 잠시 바라보다가, 송 왕조의
옥새를 자기의 가슴에 매달고 세자를 껴안은 채 파도 속으로
뛰어들었다.

　그것은 천 년도 훨씬 전에 지금 우리가 지나고 있는 이곳,
남지나 해에서 일어난 일이었다. 거친 파도 위에 황혼이
깃들었다. 외로운 정크가 우리의 길을 가로질렀다. 나는 선실로
내려갔다.

할인표를 지닌 우리 극동 학생들은 배의 앞부분에 있는 커다란 선실을 썼다. 화물 창고를 깨끗이 치워 학생 선실로 만든 방이었다. 거의 백 명에 가까운 학생들이 여기에 잠자리를 마련하고 누워 있었다. 나는 어둠침침한 불빛 아래 좁은 통로를 더듬어 왼편 깊숙한 구석에 있는 내 자리까지 왔다. 항해가 끝날 때까지 고국 사람들은 모두 이곳에서 함께 지내야 했다.

중국 학생들과 대화하는 것은 쉽지 않았다. 그들이 쓰는 현대 중국말은 우리가 서당에서 배운 한문과 완전히 발음이 달랐다. 우리들 중에 한 명만 현대 중국어를 유창하게 할 줄 알았다. 우리는 그들이 말하는 것을 조금밖에 이해하지 못했다. 그래서 깊은 대화를 나눌 때는 자주 붓을 들어야만 했다. 각 글자의 의미와 문장의 문체만은 변하지 않았기 때문이었다.

우리는 출발한 지 삼 일 만에 사이공에 도착했다. 배에서 내렸으나 좋은 안내자를 만나지 못해 제대로 구경을 하지 못했다. 열대 식물이 울창한 공원 같은 곳을 무작정 방황하다가 동물원에 도착했다. 우리는 모두 지쳐 무더운 오후의 나머지 시간을 거기서 보냈다. 공기가 제법 시원해졌을 때, 갈대밭 사이의 좁은 길을 따라 배에 돌아왔다. 나는 안남(베트남)의 집들을 제대로 보지 못한 것이 내내 서운했다. 안남은 중국을 사이에 두고 우리나라와 너무 멀리 떨어져 있었기 때문에, 우리는 이 나라에 대해서 아는 것이 거의 없었다.

그래서 이튿날 아침에 안남 학생 다섯 명이 우리에게 와서 같은 선실을 쓰고 싶다고 했을 때 무척 기뻤다. 나는 안남에서 통용되는 한자를 써 가면서, 그들과 이야기를 나눌 수 있었다. 그들도 우리가 조선에서 온 것을 알고 매우 기뻐했다. 오랫동안 말없이 우리의 대화를 듣고 있던 그들 중의 한 명이 펜으로 '조선은 북쪽의, 안남은 남쪽의 예의국의 관문'이라고 썼다.

대양에서

    배가 남쪽으로 가면 갈수록, 날씨는 더욱더 뜨거워졌다.
싱가포르 근처에서는 햇빛이 곧바로 내리비쳐 앉아 있을 수가
없었다. 아마도 이 지독한 더위가 내 악성 눈병의 원인이었는지도
모른다. 어느 날 아침 잠이 깨었을 때, 나는 두 눈이 뭔가에
찔리는 것 같은 아픔을 느꼈다. 동료들도 내 두 눈이 몹시
충혈되었다고 했다. 나는 곧장 의사에게 달려갔다. 그는 잠시
동안 내 눈을 검사하고 나서, 두 눈에 연고를 바르고 앞이
보이지 않을 정도로 안대를 단단히 붙였다. 그는 병명을 말하지
않고, 내게 되도록 안대를 떼지 말라고 했다. 그래서 나는
싱가포르에 도착했을 때, 배에서 내릴 수가 없었다. 아픔은
계속되었다. 의사가 주의를 주었지만, 멀리에서나마 이 도시를
보려고 안대를 풀었더니 염증이 더욱 악화되었다. 눈앞에

반짝이는 희미한 빛 외에는 아무것도 보이지 않았다. 두 눈이
타 들어가는 듯이 아팠다. 의사는 햇빛에 자극받지 않도록
오랫동안 선실에 가만히 누워 있으라고 지시했다. 나는 의사의
지시에 순순히 따랐다. 시원한 선실 안이 확실히 바깥보다
나았다. 나는 가만히 누워서 배에 부딪치는 파도 소리에 귀를
기울였다. 그러다 잠이 들고, 깨어서 다시 파도 소리를 들었다.

눈을 뜨고 볼 수 있게 되었을 때, 우리는 이미 수마트라
해협을 지나 인도양을 항해하고 있었다. 눈앞에 아무것도
보이지 않았다. 섬도 해안선도 배 한 척도 보이지 않았다.
어디를 둘러보아도 푸른 하늘 아래 파도만 넘실대고 있었다.
그렇더라도 눈을 뜨고 그늘 밑에 누워서 잡담을 나눌 수 있어서
아주 좋았다. 조선 학생들은 중국 학생들처럼 책을 열심히 읽지
않았다. 중국 학생들은 대부분 많은 시간을 시원한 선실 안에서
방해받지 않고 책을 읽으며 보냈다. 책을 들고 있지 않은 중국
학생은 드물었다. 반면에 책을 읽고 있는 조선 학생은 더욱더
드물었다.

안남 학생들도 책을 읽기는 읽었다. 그러나 대부분 오락물을
읽었고, 중국 학생들처럼 연구 서적을 읽지는 않았다. 그들이
읽고 있는 소설이나 이야기책은 안남어와 프랑스어로 된
것이었다. 그들은 프랑스 책을 조용히 읽었다. 그러나 안남 책을
읽을 때에는 마치 노래하듯이 낭독했다. 그러면 다른 사람들이
웃었다. 내게는 그 책 읽는 소리가 감동적으로 들렸다. 저
멀리에 사는 우리나라 사람들도 그런 식으로 책을 읽었기

때문이었다. 나는 고향 생각을 했다.

　갑판 위에는 극동 학생들 외에도 싱가포르에서 탄 듯한 인도 사람들이 눈에 띄었다. 그들은 학생이 아니어서 우리 선실에 묵지 않았다. 그렇다고 일등이나 이등 선실에서 묵는 것 같지도 않았다. 갑판 위에서 잠도 자고 식사도 했다. 그들은 나이 많은 백발의 두 남자와 할머니와 젊은 부인으로, 갑판 한가운데 자리를 잡고 짐꾸러미로 적당히 꾸며서 지내고 있었다.

　오랜 옛날, 칠팔백 년 전에 많은 우리나라 학자들이 불교의 근원지에서 수련하고자 인도로 갔었다. 그들은 먼저 만주, 몽고, 쿠쿠놀 그리고 티벳 고원을 지나 '서역 하늘 아래 있는 극락 세계'에 도달하기 위하여 이 년 이상이나 걸었다. 그들 대부분은 도중에서 죽었다고 했다. 그중 몇 사람만이 히말라야 산맥을 넘었던 모양이었다. 마침내 경이로운 열대 세계에 이르러 금빛

찬란한 사원 앞에서 인도 현자의 설교를 들을 수 있었던 사람의
심정을 어찌 상상할 수 있으랴!

갑판 위에 있는 인도 사람들은 매우 조용했다. 그들은 가만히
앉아서 가끔씩 나지막하게 속삭일 뿐, 넓은 바다의 출렁이는
파도만 바라보고 있었다.

콜롬보에서는 비가 내렸다. 그렇지만 모든 사람들은 부두로

달려갔다. 그리고 실론 섬을 소개할 안내자를 따라갔다.
사이공에서 좋은 안내자를 만나지 못해 구경을 하지 못했던
우리는 그들과 합류했다. 많은 사람들이 무리 지어 천천히
시내로 들어갔다. 인도인 소유의 작은 상점 외에는 대부분
유럽식 건물들이어서, 도시는 서울이나 상해와 그다지 달라
보이지 않았다. 우리는 아무도 어디로 가고 있는지 몰랐으나,
구경거리를 놓치지 않으려고 한 사람도 남아 있지 않았다.
마침내 시내를 벗어나 대나무가 있는 습지와 종려나무 재배지를
지나, 큰 건물 하나가 외따로 있는 곳에 도착했다. 나중에
알았는데, 그 건물은 박물관이었다. 그곳에는 수천의 불상이
서 있었다. 안내자는 이해할 수 없는 말로 설명했고, 우리는
이 방에서 저 방으로 완전히 지칠 때까지 그를 따라다녔다.
우리 중에는 예술가와 승려 들이 있었지만, 그들이 과연 이 짧고
귀중한 시간을 불상 연구에 바치려고나 했을지 의심스러웠다.
관람객의 대부분은 안내자의 설명을 이해하거나 불상을 보려고
하지 않았다. 사람들은 어디서든지 멈춰 서기만 하면, 바로
주머니에서 안내서를 꺼내어 읽었다. 그다음에 귀찮은 팁의
문제가 생겼다. 우리는 이 문제로 관광 시간보다 더 많은 시간을
허비했다. 그리고는 출발 시간에 늦지 않으려고 숨을 헐떡이며
배에까지 달려갔다.

다음 날은 비로 쓸어 버린 것처럼 하늘이 맑고 깨끗했다. 구름
한 점 없는 날씨였다. 맑고 검푸른 하늘에서 태양이 뜨겁게

내리비쳤다. 갑판은 거의 비어 있었다. 더위를 잘 견디는 것
같았던 인도 사람들까지 시원한 선실에 남아서 책을 읽었다.
저녁이 되자 갑판은 활기를 띠었다. 배에 탄 모든 여행객들이
나와서 즐거운 시간을 보냈다. 조선 사람 다섯 명도 한쪽 구석에
모여 말 잘하는 김 씨의 고향 이야기에 귀를 기울였다. 또 다른
고향 사람 한 명이 술과 프랑스 과자를 약간 준비해 왔다.
일주일 전부터 저녁 오락 시간 때면 차례로 마실 것을 조금씩
가져오는 것이 습관이 되었다. 그러나 이 일도 계속하기는 쉽지
않았다. 무슨 이유에서인지 술과 음료수는 식사 시간에 마개가
따진 채 제공되었고, 식사 시간 외에는 특히 저녁에는 술 판매가
허락되지 않았던 것이다. 우리 중의 한 사람이 기절해서 식당
종업원에게 피로 회복제를 부탁하는 데도 굉장히 애를 먹었다.
그래서 우리는 얼마 안 되는 양을 받고도 매우 기뻐했다.
　김 씨는 옛날 고려 왕조의 수도였던 송도에서 자랐다고 했다.
그는 유명한 집안의 일화를 많이 알고 있었고, 매일 밤 우리에게
하나씩 이야기해 주었다.
　우리는 뱃머리 가까운 곳에 앉았다. 그곳은 우리가 이야기할
수 있는 조용한 곳이었다. 우리의 이야기는 파도 소리에
뒤섞였다. 우리는 학문적인 대화에 몰두하는 중국 학생들을
방해하지 않았고, 서로 속삭이듯 이야기하는 인도 사람들도
방해하지 않았다. 안남 사람들은 우리와 가장 멀리 떨어져
있었다. 그들은 상자로 쉴 자리를 만들었다. 조선말, 중국말,
인도말이 한데 섞여 혼란스러웠다. 가끔 갑자기 조용해졌다가

다시 벌집을 쑤셔 놓은 것처럼 시끄러워졌다. 그러나 점차 조용해졌다. 한 사람씩 잠들기 시작했다. 다만 김 씨만이 계속 조용히 고향 이야기를 했다. 그러는 사이에 여객선 포올르카 호는 달빛 밝은 인도양 어딘가를 항해하고 있었다.

해 안

　배는 지부티에 정박했다. 나는 이 이상한 이름을 난생 처음
들었다. 배에 석탄을 보충하기 위해서 이 외떨어진 아프리카의
한구석에 입항한다고 했다. 항구는 비참한 모습이었다. 모래
언덕 입구에 종려나무 두 그루가 있는 하얀 집이 한 채 있었다.
　일사병이 두려워 몇 사람만 상륙하였다. 우리나라 사람들은
곰곰이 생각하다가, 조그마한 배를 타고 나무 한 그루 없는
이글이글 타는 듯한 해안으로 건너갔다. 직사광선 아래 돌로
쌓은 제방과 모래 언덕, 그 뒤에 자리잡은 카페까지, 모든 것이
황폐해 보였다. 그 카페에서는 흑인 아이들이 손님에게
부채질을 해 주고 있었다.
　우리는 계속 육지로 들어갔다. 처음으로 발을 들여놓는
이 대륙에서 가능한 한 많은 것을 보고 싶었다.

우리는 한 작은 외딴집 앞에서 멈추어 섰다. 인도인 학교 같았다. 늙은 인도인 한 명이 벽 한가운데에 기대어 앉아 있었고, 스무 명 가량의 아이들이 벽을 따라 입구에까지 앉아 있었다. 모든 아이들 앞에는 작은 책상이 놓여 있고, 그 위에 손으로 쓴 교재가 펼쳐져 있었다.

그리고 우리는 원주민 마을로 들어갔다. 좁은 거리에 집들이 두 줄로 서 있었고, 길은 햇볕에 이글이글 타고 있는 다른 사막으로 뻗어 있었다. 집 안팎에는 흑인 남녀가 서서 크고 맑은 눈으로 우리를 바라보고 있었다. 우리는 서둘러 그 좁은 길을 따라갔다 되돌아왔다. 사막 한가운데 있는 이 마을은 너무 외로워 보였다. 우리는 입구에서 다시 한번 뒤돌아보고 배로 돌아왔다.

그곳에는 졸졸 흐르는 시냇물도, 과일 나무도, 황금 물결 일렁거리는 곡식밭도 없었다. 길 양쪽에 겨우 그늘을 만들어 주는 집들만 줄 지어 있었다. 그곳 사람들은 고요한 달밤에 무엇을 생각할까!

배는 다시 홍해를 항해했다. 어느 이른 아침, 봉근이 나를 깨워 갑판으로 불렀다.

"시나이산이야!"

그는 벌써 멀어져 가 버린 산꼭대기를 가리키며 말했다.

그날 밤, 우리는 수에즈 운하를 통과했다. 큰 여객선은 좁은 수로를 간신히 빠져나갔다. 좌우로 황량한 풍경이 창백한 달빛 아래 펼쳐졌다. 배는 수많은 창문 밖으로 눈부시리만큼 찬란한 빛을 던지며 천천히, 무섭도록 텅 빈 그곳을 미끄러져 나갔다.

　기온이 내려갔다. 대기가 거칠어지고 파도는 더 높아졌으며,
가끔씩 시원한 바람이 갑판 위로 불어왔다. 다시 봄이 되었다.
배는 고요히 흔들리면서 짙푸른 지중해의 하늘 아래로
나아갔다. 북쪽에서는 크고 작은 섬들이 나타났다.
　봉근이가 내게,
　"그리스의 섬들이야."
라고 속삭였을 때, 나는 얼마나 감동했는지 모른다.
　"그리스다!"
　나는 소리를 질렀다. 비록 멀리에서나마 소크라테스와
플라톤의 고향을 본 것이었다. 나는 산과 계곡을 구별할 수가
없었다. 섬들은 안개에 휩싸인 채 우리 앞을 미끄러지듯
지나갔다.
　이제 우리는 유럽 해안을 따라 항해했다. 유럽이 저기 있었다.
모두들 웃고 기뻐했다.
　오후 늦게 파도가 더 높아졌다. 해는 먹구름 뒤로 사라지고,
점점 더 어두워졌다. 선원들이 우리에게 와서 곧 폭풍우가
몰아닥칠 테니 선실로 들어가라고 했다. 굵은 빗방울이
떨어지고, 파도가 심하게 일었다. 갑판은 비어 갔고, 태풍이
몰아쳐 왔다. 거대한 배는 계속 심하게 흔들리더니, 바다의
거품 속에서 호두 껍데기처럼 춤을 추었다. 배가 반쯤 파도에
잠겼다가는 다시 올라왔고, 또다시 깊이 가라앉으려고 했다.

선실 안에 있는 사람들은 밤새 괴로워했고, 배도 폭풍우와
싸우며 신음하고 있었다. 나는 뱃멀미를 했다. 바다 위에서
이런 폭풍을 만난 것은 처음이었다.

다음 날 아침이 되자 지난 밤의 모든 악몽은 사라졌다. 태양은 빛나고 바다는 거울처럼 잔잔했다. 배는 전혀 흔들림 없이 나아갔다. 에트나 화산이 봄바람에 연기를 내뿜고 있었다.

우리는 점점 가까이 육지에 다가갔다. 배는 메시나 해협을 지나갔다. 산들이 가까워졌다가 다시 멀어졌다. 집들이 있는 언덕이 우리 앞을 스쳐 지나갔다. 햇빛 비치는 들판에서 농부들이 일하는 모습이 보였다. 멀리 보이는 열차는 해안을 따라 터널 속으로 들어가고 있었다. 몇 시간 뒤에 우리가 탄 배는 다시 넓은 바다로 나아가 자기 고향인 항구를 향해 떠났다.

정오가 조금 지나서 우리는 마르세유에 입항했다. 갑판 승강구 계단이 내려지고, 이천 명 넘는 승객들이 내리는 데는 오랜 시간이 걸렸다. 극동에서 온 우리 학생들은 여전히 함께 모여서 각자의 짐을 든 채 유럽 땅 위에 서 있었다. 우리는 사람을 기다렸다. 프랑스에 있는 중국 학생회 회장이 우리를 도와주려고 마중을 나온다고 했다. 그러나 그 자신도 우리를 어디로 안내해야 할지 모르고 있었다. 오랫동안 의논을 한 후, 여러 거리를 지나서 학교처럼 보이는 건물의 큰 마당으로 들어섰다. 여기서 회장은 긴 인사말을 하고, 이 나라의 풍속을 존중해야 하며 오천 년 문화 민족의 후손답게 행동해야 한다고 충고했다. 공자도 다른 나라에 가면 그 나라의 풍습에 따라 살아야 한다고 가르쳤다는 것이다.

그의 말이 끝나자, 우리는 한 사람씩 방으로 불려 가서 많은 중요한 충고를 들었다. 우리는 여권, 성적 증명서 그리고 가지고 있던 재산을 내보이고 체류 허가, 여러 프랑스 대학의 안내장과 그 밖의 필요한 서류를 받았다. 그런 뒤 한 무리씩 차례로 학교 운동장을 떠났다.

봉근과 내 차례가 되었을 때는 이미 저녁이 다 되었다. 우리는 짧게 면접을 보고 나왔다. 봉근은 내가 독일로 갈 때 동행하겠다고 한 약속을 잊지 않고 있었다. 나는 그가 얼마나 고마웠는지 모른다. 프랑스에 머무를 우리 모두는 서로 작별 인사를 나누었다. 고향 사람 중에 둘만 계속 영국으로 여행할 계획이었다. 우리는 작은 식당에 들어가서 앞으로의 여행에 관해서 의논했다.

봉근이 우선 파리 시내를 한번 구경하지 않겠느냐고 물었다. 내가 독일에서 공부를 시작하면 나중에 이곳에 다시 오기가 어려울 거라고 했다. 나는 그의 제의를 거절하고, 오늘 밤에 바로 독일로 떠났으면 좋겠다고 했다. 저녁이 되자 나는 왠지 모르게 우울해졌다. 유럽 땅에서 처음 맞는 저녁 시간이었다. 그래서 나는 앞으로 공부해야 할 목적지로 떠나고 싶었다. 봉근은 한참 동안 지도를 훑어보고 리옹, 디종, 스트라스부르로 통하는 길을 택했다.

우리는 역으로 가서 바로 출발하는 기차에 올랐다. 나는 구석에 있는 나이 많은 부인의 옆자리에 조용히 앉았다. 봉근은 프랑스 사람 사이에 앉더니, 팔짱을 끼고는 곧 잠이 들었다.

편 지

날이 다시 밝았다. 열차 안에는 우리 둘만이 앉아 있었다.
다른 승객들은 밤사이에 이미 내린 것 같았다. 차창 밖으로
아직도 희미한 아침 햇살을 받으며 들판과 시내와 마을과
언덕 들이 빠르게 스쳐 지나갔다. 기차는 흔들림 없이 북으로
달렸다.

"그래, 이게 유럽이야!"

봉근이 웃으며 말했다. 그는 이곳에 다시 온 것을 무척
기뻐했다. 그리고 우리가 보고 있는 들판, 집, 교회, 의복,
자동차 등 모든 것에 관해서 설명해 주었다. 프랑스에는 회색
지붕이 많고 독일에는 붉은 지붕이 많다고 했다. 프랑스 사람과
독일 사람의 차이점에 대해서도 많은 얘기를 했다.

우리는 여러 번 기차를 바꿔 탔다. 저녁때 라인강을 건너고

밤새 달려, 다음 날 아침에야 내가 처음 몇 달 동안 머무를 중부
독일 도시에 도착했다. 봉근은 유럽에 처음 왔을 때, 얼마 동안
이곳에서 살았다고 했다. 큰 도시보다 쉽게 익숙해질 수 있고,
공부하기에도 조용한 곳이라고 권해 주었다. 우리는 산책을
나가 큰 공원을 지나갔다. 초록빛 나뭇잎들 사이로 비치는
아침 햇살이 신비롭게 보였다. 우리는 강을 건너서 옆길로
접어들었다. 잠시 후에 어느 정원이 있는 집 문 앞에 멈춰 섰다.

"이젠 다 왔어!"

봉근이 웃으며 말했다. 그러고는 잠시 주저하다가 초인종을
눌렀다.

얼마 후에 한 부인이 나와서 봉근과 반갑게 인사를 나눈 뒤,
우리를 집 안으로 인도하였다. 우리는 이층에 있는 넓은 방으로
안내되었다. 봉근과 그 부인은 한참 동안 내가 알아듣지 못하는
말로 의논을 했다. 마침내 봉근이 말했다. 부인이 내가 그 집에
머물러도 좋다고 했다는 것이었다. 그는 내가 익숙해지는 것을
돕기 위해 일주일 동안 같이 있었다. 그런 다음 밤차를 타고
다시 프랑스로 갔다. 역으로 나갔을 때, 그는 내가 주의해야
할 이 나라의 풍속과 습관을 다시 한번 일러 주었다. 봉근은
무엇보다도 내게 말을 많이 하라고 권했다.

"너는 너무 말이 없고, 생각을 너무 많이 해."

그는 웃으면서 말했다.

"동양에서는 침묵이 미덕으로 여겨지지만, 서양에서는
그렇지가 않아. 여기에서는 비사교적으로 보이고, 심지어는
거만스럽게까지 보여. 이야기하는 데 어울려서 같이 대화를
나눠. 날씨, 기후, 음식, 옷, 무엇에 관한 이야기든 다 괜찮아.
우리가 다른 사람들과 어울려서 이 사회와 지구상에서 살고
있는 한, 늘 철학적인 것에 대해서만 이야기할 수는 없어. 유럽
사람들도 지구상에서 살고 있으며, 세상에 대해 이야기하는 걸
좋아한다는 사실을 염두에 둬라."

그의 고마운 충고에도 불구하고 나는 이야기할 용기가 나지

않았다. 나는 어휘가 너무 부족했다. 혹시 말을 잘못하여 다른
사람들의 감정을 상하게 할까 봐 두려웠다. 그래서 될 수 있는
대로 다른 사람들과의 접촉을 피하고, 봉근이가 독일어 학습을
위해 권했던 책에만 매달렸다.

내가 처음 읽은 책은 "녹색의 하인리히"였다. 봉근이
이해하기 쉽게 쓰였다며 추천해 준 책이었다. 그러나
구절마다 단어를 찾아야 했고, 어려운 문장이 나오면 그 뜻을
분명하게 파악하기 위해서 몇 시간씩 생각해야 했으므로,
이 책마저도 쉽게 읽어 나갈 수가 없었다. 매일 눈이 피로해서
글자를 알아볼 수 없을 때까지, 하루 종일 읽고 생각하고 또
읽고 생각했다. 그러다가 책을 밀쳐놓고 잠시 동안 쉬곤 했다.
서쪽 창문을 통해 정원 전체를 내다볼 수 있었는데, 녹색 정원을
바라보고 있으면 눈이 빨리 회복되었다. 그러면 다시 읽던 책을
들고, 한 줄 한 줄 애써서 읽어 나갔다.

바깥은 완연한 여름이었다. 정원과 길가에는 꽃이 만발하여
그윽한 향기를 풍기고 있었다.

그러나 나는 산책 나가는 일도 거의 없었다. 마음의 안정을
찾지 못해서였다. 언제쯤 이 어려운 독일어를 익혀서 학문을
계속할 수 있을지 몰랐다. 밖에서 사람들과 어울리면, 낯선
이국 땅에 와 있다는 느낌이 더욱 생생해졌다. 늦은 저녁에
주위가 조용해지면, 가끔 강을 따라 산책하거나 버드나무
아래에 있는 벤치에 앉았다. 잔잔히 흐르는 물은 내 마음을
편하게 했다. 이 물이 이렇게 계속 흐르고 흘러서 언젠가는

고국의 서해안에, 어쩌면 연평도에, 아니면 그리운 송림 포구에 닿을지도 모른다고 생각했다.

방학 때 배를 타고 집으로 돌아오는 길에 푸른 하늘 아래로 그 섬과 포구가 스쳐 지나가는 것을 보면서 나는 얼마나 즐거워했던가. 그러면 곧 북쪽에서 수양산이 솟아오르고, 작은 배는 조심스럽게 용지에 입항했었다. 기섭과 용마 형과 만수가 마중 나오곤 했다. 이 친구들과 다시 만나 웃으며 농담을 주고받고, 함께 고향의 들판을 걸어서 어머니가 기다리는 고을로 들어설 때면 얼마나 기뻤던지. 그러면 어머니는 큰 대문 앞에서 나를 맞으셨다.

"다시 이 에미한테로 돌아왔구나!"

어머니는 웃으면서 말씀하셨다. 환하게 웃으시는 어머니의 모습을 대하는 것은 정말 즐거웠다.

그러고는 나와 친구들은 매일 계곡물에 목욕하고, 학교 운동장에서 테니스를 치고, 저녁이면 우리 집 뜰에 모여 앉아 이런저런 이야기를 나누고, 악기를 연주했다. 만수는 깜짝 놀랄 정도로 피리를 멋지게 불었다. 용마 형은 그가 읽은 톨스토이의 소설을 곧잘 이야기했다. 기섭은 언제나 조용했으며, 다른 사람들의 말을 즐겨 듣고 빙그레 웃었다. 그들 셋은 우리 어머니를 아주머니라고 불렀고, 마음씨 착한 구월이를 구슬려서 채소밭에 가 잘 익은 참외를 따 오도록 했다. 내가 친구들과 모여 앉으면 어머니는 얼마나 기뻐하셨던가! 어머니는 정말 기분이 좋아서 음식과 술로 그들을 대접해 주셨다.

지금 어머니는 무엇을 하고 계실까? 주무시고 계실까? 깨어 계실까? 텅 빈 뜰 안에 홀로 쓸쓸하게 앉아 계실까? 지금도 이 약한 자식을 그리워하시겠지. 이제는 어머니가 알지 못하는 머나먼 다른 세상에 와 있어서 더 보호할 수도 없는 이 자식을.

어디에나 달리아꽃이 만발하였다. 그것은 오후 햇살 속에
찬란하게 빛났다. 드디어 나는 첫 번째 책을 다 읽었다. 그리고
이제는 "명상시"를 읽고 있었다. 이 책은 첫 번째 책보다 조금
쉬웠다. 이제는 많은 단어를 찾지 않아도 되었기 때문이다.

가을이 성큼 다가왔다. 저녁 안개가 강물 위를 뒤덮었고,
길 위의 나뭇잎들이 바람에 휘날렸다. 추수가 시작되었을
테니까, 어머니는 송림의 돌다리 아주머니한테 가 계실까?
아니면 강몰의 수암의 집에 가 계실까? 그렇지 않으면 산촌
석탑에 가 계실까? 나는 밀만 생산하는 석탑 마을에 딱 한 번
가 본 적이 있었다. 산속 깊은 곳에 있어서 다니기가 매우
힘들었다. 좁고 경사진 길을 한참 걸어야 했고, 다시 넓고 돌이
많은 강바닥을 건너야 했다.

나는 날마다 한 번씩 고향에서 소식이 왔는지 알아보기 위해
우체국에 갔다. 그러나 매번 빈손으로 돌아왔다. 그리고 점점
불안해졌다. 유럽에 도착한 지 벌써 5개월이 지났기
때문이었다. 내 편지가 우리나라에 전달되지 않은 것 같았고,
고향에서 아무 소식도 받지 못한 채 이곳에서 살게 될까 봐
두려웠다.

언젠가 우체국에 갔다가 집으로 돌아오는 길에, 나는 낯선
집 앞에 멈춰 서고 말았다. 그 집 정원에는 꽈리가 자라고
있었는데, 그 빨간 열매가 햇빛에 빛났다. 우리 집 뒷마당에서
그렇게도 많이 보았고, 또 어렸을 때 즐겨 갖고 놀았던
이 식물을 나는 얼마나 좋아했던가! 마치 고향의 일부분이
내 앞에 실제로 와 있는 것 같았다. 내가 한동안 생각에 잠겨
있을 때, 그 집에서 한 부인이 나와 왜 그렇게 서 있느냐고
물었다. 나는 그 부인에게 내 어린 시절을 이야기해 주었다.
그 부인은 가지를 하나 꺾어서 나에게 주었다. 얼마나

고마웠는지 모른다.

　곧 눈이 내렸다. 어느 날 아침, 일어나니 성벽에 흰 눈이 흩날리고 있었다. 나는 하얀 눈을 보며 행복감을 느꼈다. 나의 고향 마을과 송림에 휘날리던 바로 그 눈과 같았다.

　이날 아침, 나는 먼 고향에서 온 첫 번째 소식을 받았다. 큰누나가 쓴 편지였다. 지난 가을에 어머니가 며칠 동안 앓다가 세상을 떠나셨다는 사연이었다.

나를 다시 돌아본 시간 여행

　"압록강은 흐른다"를 번역하는 동안 나는 내내 즐거우면서도
부담스러웠다. 이미륵의 아름다운 글을 독일어 원문으로 읽어
보고 싶다는 마음에서 번역을 하기 시작했는데, 그 과정이
생각만큼 쉽지 않았기 때문이었다. 그러나 후회는 없다. 단지
작품 한 편을 번역한 것이 아니라, 이미륵이란 작가와 함께
1900년대 초기의 우리네 삶을 되돌아본 시간 여행이었기
때문이다.

　이미륵의 문체는 간결하고 소박했다. 이 간결함과 소박함은
작가의 깊은 정신 세계에서 나오는 것이기에 더 큰 감동을
주었다. 가장 위대한 예술은 단순함과 소박함을 갖추고 있다고
했던가. 군더더기 없는 깔끔한 문체는 작가의 단단한 정신
세계를 엿보게 했다. 이 작품을 읽으면서 나는 다시 한번
'문학이란 무엇인가?' 하는 생각을 해 보았다. 문학이란 낱낱이
흩어져 있는 구슬과도 같은 기억들을 작가가 언어라는 실로
꿰어서 아름다운 목걸이처럼 만드는 것. 그리고 그 목걸이는
어느 누가 목에 걸어도 마치 자신의 목걸이인 양 멋지게
어울리는 것이 아닌가. '구슬이 서 말이라도 꿰어야 보배'란 말이
있다. 문학 작품이란 이렇듯 서 말이나 되는 구슬을 하나로

어울리게 꿰는 일이라는 생각을 해 보았다.

  이 작품에는 이미륵 자신의 어린 시절, 집과 부모님과 친구들
그리고 자신을 둘러싼 여러 환경들이 담백하게 그려져 있다.
그리고 구식 문화 속에서 태어나고 자란 이미륵이 아버지의
안내로 새로운 학문과 세계에 눈뜨게 되는 과정이 흥미롭게
전개된다. 옛것과 새것의 만남, 우리 전통문화와 새로운 문화의
만남, 옛 학문과 새 학문의 만남과 부딪힘이 이 작품 곳곳에서
그려지고 있는데, 이러한 주제는 지금도 낯선 것이 아니다.
그만큼 이 작품은 현대적인 주제를 담고 있는 것이다. 근대 개항
이후에 우리는 '서양의 것은 새로운 것이고 좋은 것'이라는
인식 하에 무조건 받아들이는 데만 급급했다. 우리가 서양보다
뒤처진 원인은 서양인들처럼 사고하고 실천하지 않은 데에
있다고 생각했기 때문이었다. 그러나 이 작품을 읽다 보면, 우리
문화 전통 속에 있는 우리의 아름다움과 독창성을 우리 스스로
망각하고 있는 게 아닐까 하는 반성을 하게 된다. 문화의
다양성과 차별성을 미처 깨닫지 못하고 있음을 다시 한번
생각하게 되는 것이다.

이 작품에는 읽다 보면 저절로 가슴이 따뜻해지는 장면이
여러 곳 나온다. 아버지와 아들이 달밤에 나무 아래에서 시를
읊으며 술을 마시는 장면이라든가, 함께 냇가로 가서 목욕하는
장면은 어떤 세계 명작에서도 볼 수 없는 장면이다. 또 미륵이
서울로 공부하러 가기로 마음먹자, 학교 친구들과 선배들이
돌아가며 미륵에게 자신이 잘하는 과목을 가르쳐 주고 함께
공부하는 장면도 인상 깊다. 서로 경쟁적이 되어 공부하는
요즘 학생들에게 진정한 공부란 어떤 것인가를 다시 한번
생각하게 하는 대목이 아닐 수 없다.

또 봉화라든가 인경 치는 모습 그리고 거리에 물건을
늘어놓고 팔던 장터의 풍경 등을 생생하게 그려 볼 수 있다.
저마다 진도가 달랐던 서당 풍경도 흥미진진하다. '능력에 따른
맞춤식 교육'이 그 당시 서당에서 이미 이루어졌던 것이다.
서당에서 한학을 공부하던 미륵이 신식 학교에 가서
어리둥절해하는 모습도 흥미롭다. 지금은 누구나 근대 교육
제도와 교육 기관에 익숙해 있지만, 100년 전만 해도 이러한
학교 제도는 상당히 낯설었던 것이다. 수학과 물리, 영어 등의
과목에 대해 묘사한 것을 보면 격세지감을 느끼지 않을 수가

없다.

이처럼 이 작품은 우리가 당연하게 생각하고 있는 것들에
대해 다시 한번 생각하게 하는 힘이 있다.

그렇지만 가장 마음을 끄는 것은 역시 작품 면면히 배어 있는
어머니에 대한 그리움과 추억이다. 저 먼 유럽으로 가고 싶어서
몇 날 며칠을 걸어서 기차역까지 갔으나 어머니의 모습이 눈에
밟히어 떠나지 못하는 장면이라든가, 너무도 사랑하는
아들이지만 3·1 운동에 가담한 일로 신변이 위험하게 되자
오히려 유럽으로 떠나기를 강권하는 어머니의 모습에서 삶을
지탱해 주는 강한 힘을 보았다면 과장일까? 이 작품은 흰 눈이
내리는 날, 고향에서 온 큰누나의 편지를 받는 것으로 끝난다.
그 편지는 어머니의 죽음을 알려 준다. 이제부터야말로
주인공이 이 세상을 홀로 걸어가야 하는 것을 의미하는
것이리라.

"압록강은 흐른다"는 한 인간의 성장 과정을 다루고 있다.
이 성장은 바로 새로운 세계로 나아가는 것을 의미한다. 그러나
여기서 과거와의 결별은 단절이 아니다. 오히려 과거에서의

삶과 추억이야말로 새로운 세계를 살아가는 풍부한 자양분이
된다. 이러한 인식이야말로 이 작품의 가장 소중한 덕목일
것이다. 현재 우리의 삶은 추억과 분리할 수 없다. 추억은 현재의
삶을 풍부하게 하고, 현재의 삶은 추억을 완성하는 것이다.
그러기에 삶은 강물처럼 흐르는 것이고, 삶의 흐름은 끝이
없는 것이다. 이 작품에서 작가가 말하고 싶은 건 이런 것이
아니었을까.

동양적인 것과 서양적인 것, 옛것과 새것, 구학문과 신학문,
옛 문학과 새 문학이 만나는 지점에서 이 아름답고도 희귀한
작품은 꽃피었던 것이고, 그것은 지금까지도 우리에게 향기를
전하고 있는 것이다.

오랜만에 문학 청년 시절로 돌아가 다시 한번 문학의
아름다움과 깊이를 느끼는 시간을 가졌다. 이러한 기회를 주고,
느린 작업 시간을 기다려 준 계수나무 출판사 여러분께
고마움을 전한다.

옮긴이 **엄 혜 숙**

　　● 여기에 실린 사진들은 정규화 님(이미륵 기념사업회 회장)께서 제공해 주셨습니다.

한국 유학생들과 함께. 앞줄 오른쪽에서 두 번째가 이미륵. 뷔르츠부르크 (1921년)

뮌헨 대학교 시절 (1927년)

가장 친했던 친구 부르노와 함께.
뮌헨 (1927년)

뮌헨 (1931년)

두루마기 차림의 이미륵 (1936년)

이미륵은 독일 친구들과의 모임을 즐겼다. 뮌헨 (1933년)

베르크 성(城)에서 자일러 교수와 친구들. 자일러 씨는 이미륵이 타계할 때까지 19년 동안 자기 집에
기거하면서 창작 활동에만 전념할 수 있게 도와준 독지가로, 전 뮌헨 미술대학 교수이다. (1935년)

부르노와 베른하르트에게 서예를 지도하는 이미륵. 한시와 서예에 조예가 깊었던 이미륵에게는
많은 문하생들이 있었다. (1935년)

부르노의 딸 발트라우트와 함께. 뮌헨 (1941년) 크리스토프를 업고. 그래펠핑 (1941년)

그래펠핑 뒷산에서 (1945년)

1899년 3월 8일	황해도 해주에서 출생
1905년	서당에서 한학(漢學) 공부 시작
1910~1914년	해주 제일소학교에 다님
1911년	최문호와 혼인
1914년	신식 중학교에 다님(건강 악화로 휴학)
1914~1916년	강의록으로 독학
1917년	아들 명기(明起) 탄생
1919년	딸 명주(明珠) 탄생
1917~1919년	경성의학전문학교에서 의학 공부
1919년	경성의학전문학교 3학년 당시 3·1 운동에 가담, 일본 경찰을 피해 상하이로 망명
1919~1920년	상하이에서 망명객들을 보조하며 독일 유학 준비
1920년 5월 26일	독일 뮌스터슈바르차하 분도회 수도원에 도착, 독일어 수업 시작
1921년	뷔르츠부르크 대학교 의학부에 입학
1922년	건강 악화로 휴학
1923년	하이델베르크 대학교로 전학
1925년	뮌헨 대학교 동물학과로 전학(전과)
1928년	뮌헨 대학교에서 이학 박사 학위 취득
1928~1930년	뮌헨에서 서예 지도
1931년	독지가인 자일러(Seyler) 교수 집으로 이사, "다메(Dame)"라는 문예지에 "하늘의 천사"를 독일어로 발표, 작가 활동 시작
1932~1945년	자전 소설을 준비하며 이야기, 논평 및 단편들을 발표
1946년	그래펠핑에 '월요 대담회'라는 문인 단체 설립
1946년	"압록강은 흐른다" 발표
1948~1950년	뮌헨 대학교 동양학부 강사(한학 및 한국학 분야)
1950년 3월 20일	타계

이미륵 1899년 황해도 해주에서 태어났다. 1919년 3 · 1 운동에 가담했다가, 일제의 탄압을 피해 압록강을 건너 상하이로 갔다. 1920년 5월 26일 독일 땅에 도착하여 뷔르츠부르크 대학 및 하이델베르크 대학에서 의학을 공부하고, 1925년부터 뮌헨 대학에서 공부를 계속하여 1928년에는 동물학 박사 학위를 받았다. 그러나 전공과는 상관없이 곧 창작 활동에 열중하여, 주로 우리나라를 배경으로 하는 단편과 이야기들을 독일의 신문이나 잡지에 발표하였다. 1946년 피퍼 출판사에서 발간된 "압록강은 흐른다"가 독자들의 호응을 받으면서, 작가로서 독일 문단에 널리 알려지기 시작했다. 이미륵은 작가 활동을 하면서도, 1948년부터 뮌헨 대학 동양학부에서 한학과 한국학을 강의하였다. 그러나 안타깝게도 갑자기 덮친 병마로 1950년 3월 20일 독일 뮌헨 교외의 그래펠핑에서 세상을 떠났다.

엄혜숙 연세대학교 독어독문학과를 졸업하고 같은 대학원 국어국문학과를 졸업했다. 청소년 문학 가이드인 "보름간의 문학여행─외국 편"을 썼고, "왜 꼭 해야 하나요?", "월수금과 화목토", "개구리와 두꺼비" 시리즈, "꼬마 곰" 시리즈, "내겐 드레스 백 벌이 있어" 등을 우리말로 옮겼다.

이미륵 문학 선집 1
압록강은 흐른다

초　　　판 발행 | 2002년 11월 20일
개정12쇄 발행 | 2018년 8월 20일

글　　　　 | 이미륵
그　　 림 | 와 이
옮　　 김 | 엄혜숙

펴 낸 곳 | 계수나무
펴 낸 이 | 위수현
출 판 등 록 | 2001.1.9. 제10─2091호
주　　 소 | 10881 경기도 파주시 회동길 483(문발동 635─2)
전　　 화 | 편집부 (031)948─6288　영업부 (031)948─8765, (070)4243─6504
팩　　 스 | (031)948─6621
블 로 그 | blog.daum.net/gesunamu21, blog.naver.com/gesunamu21
홈 페 이 지 | www.gesunamu.co.kr | 이메일 gesunamu21@hanmail.net
페 이 스 북 | facebook.com/gesunamu
인스타그램 | instagram.com/gesunamu21

ⓒ 계수나무 · 와이, 2002
ISBN 89─89654─08─4 43810
ISBN 89─89654─07─6 43810 (세트)

「이 도서의 국립중앙도서관 출판예정도서목록(CIP)은 서지정보유통지원시스템 홈페이지(http://seoji.nl.go.kr)와 국가자료공동목록시스템(http://www.nl.go.kr/kolisnet)에서 이용하실 수 있습니다.(CIP제어번호: CIP2018023990)」

어린이제품안전특별법에 의한 제품 표시

제조자명 계수나무　제조년월 2018년 8월　제조국 대한민국　사용연령 8세 이상
주의사항 종이에 베이거나 긁히지 않도록 조심하세요. 책 모서리가 날카로우니 던지거나 떨어뜨리지 마세요.